천봉 신무협 장편소설

북천전기 33

초판 1쇄 발행 2025년 3월 24일

지은이 ı 천봉
발행인 ı 최원영
편집장 ı 이호준
편집디자인 ı 박민솔
영업 ı 김민원 조은걸

펴낸곳 ı ㈜ 디앤씨미디어
등록 ı 2002년 4월 25일 제20-260호
주소 ı 서울시 구로구 디지털로32길 30 코오롱디지털타워빌란트 1301-1308호
전화 ı 02-333-2513(대표)
팩시밀리 ı 02-333-2514
E-mail ı papy_dnc@dncmedia.co.kr
블로그 ı blog.naver.com/gnpdl7

ISBN 979-11-364-6068-4 04810
ISBN 979-11-364-3596-5 (SET)

※ 저자와 협의하여 인지는 붙이지 않습니다.
※ 이 책은 ㈜ 디앤씨미디어(파피루스)가 저작권자와의 계약에 따라 발행한 것으로 본사와 저자의 허락 없이는 어떠한 형태나 수단으로도 내용을 이용할 수 없습니다.

33

천봉신무협 장편소설

북천전기
北天戰記

1장. 북궁천의 고뇌 · 7

2장. 작전은 성공하고 · 49

3장. 이정무, 철혈가에 들다 · 93

4장. 폭풍전야(1) · 135

5장. 폭풍전야(2) · 179

6장. 최후의 전쟁(1) · 221

7장. 최후의 전쟁(2) · 263

1장
북궁천의 고뇌

북궁천의 고뇌

검가의 총단.

가주 북궁천과 수뇌부가 정문까지 나와 한 사람을 맞았다. 상존 소무백이었다.

"어서 오십시오, 상존."

"오랜만입니다, 가주."

"안으로 드시지요."

소무백과 북궁천은 나란히 대전각을 향해 걸었다. 가면서 소무백이 침통한 어조로 물었다.

"내려오다가 동영의 본대가 북천을 향한다는 소식을 접했습니다. 검가 쪽에서 가장 먼저 파악했다니 당연히 알고 계시겠군요."

"예. 해서 남부 지방의 각 문파에 소식을 전했습니다만……

아직까지 동원령이 내려오지 않았습니다."

"그게 정말입니까? 이상하군요. 지금쯤이면 대지존께도 전해졌을 테고, 하면 곧장 동원령을 발동하셨어야지 않습니까?"

"그렇습니다. 그리고 문제가 하나 더 있습니다."

북궁천이 심각한 표정으로 말을 이었다.

"동영이 정말 모든 병력을 이끌고 올라간 것이 확실한지, 이 또한 그들의 계략은 아닌지 확인해 볼 필요가 있습니다. 동원령이 내려지지 않는다면 아마 다른 문파와 가문은 이것이 모두 확인된 후에야 뒤늦게 병력을 움직이기 시작할 것입니다."

"설사 동영이 일부 병력을 남겨 두었더라도 팔대가문의 세 가문만큼은 북천으로 먼저 병력을 보내야 않겠습니까?"

"그렇습니다만…… 현재 혈가 쪽에서는 확답을 보내오지 않은 상황입니다."

소무백의 두 눈에 은은한 노기가 떠올랐다.

"역시 어려운 상황이 닥치니 감춰 놓았던 본색을 드러내는 모양입니다."

"……."

북궁천은 난감했다.

사실 그는 혈가의 의도를 정확하게 파악하지 못한 상

태였다. 다만 소무백의 말처럼 결코 좋지 않은 뜻을 품고 있음은 확실해 보였다.

"한데 상존께서는 어쩐 일로 본 가를 찾으셨는지요?"

"대지존께서 전하라 하신 말씀이 있습니다. 한데 동영이 북천으로 향하고 있으니 의미가 사라져 버렸습니다. 당장은 북천으로 보낼 병력을 꾸리는 것을 돕도록 하겠습니다."

잠시 후 둘은 대전각으로 들어갔다.

그리고 얼마 지나지 않았을 때, 귀령가의 전령이 검가의 성문을 넘어섰다.

전령은 곧장 북궁천을 찾았다.

"상존을 뵙습니다!"

소무백에게 머리를 조아린 전령이 북궁천을 향해 연통을 건넸다.

"본 가의 가주께서 친서를 전하라 하셨습니다."

북궁천은 연통을 열어 전서를 꺼내어 펼쳤다.

동영의 본대가 북천을 향한다고 하니 본 귀령가는 정예 삼만을 먼저 북천으로 보낼 것을 결정하였소. 이에⋯⋯ 後略.

'역시⋯⋯.'

북궁천의 얼굴이 비로소 밝아졌다.

소무백이 물었다.

"뭐라 하십니까?"

"귀령 가주께서 정예 삼만을 먼저 북천으로 보낼 것을 결정하셨다고 합니다."

"오!"

소무백은 북궁천이 건넨 전서를 확인하고는 다시 한번 반색했다.

북궁천이 말했다.

"본 가도 정예 이만을 더 보내도록 하겠습니다. 더 보내야 마땅하나 조금 전에 말씀드렸던 부분을 무시할 수 없음을 부디 이해해 주십시오."

"진즉에 북천의 남부군단으로 지원 병력을 보내셨다고 들었습니다. 한데 이만을 더 보내시겠다니…… 대지존께서 크게 기뻐하실 겁니다, 가주."

"대지존께 받은 은혜가 하늘과 같은데 마땅히 도와 드려야 않겠습니까. 동영과 관련한 정보가 확실해지면 그땐 제가 직접 병력을 이끌고 북천으로 향할 것입니다."

결연한 어조로 말하는 북궁천.

소무백은 그런 북궁천을 보며 연후가 왜 이 사람을 절대적으로 믿고 있는지 그 이유를 알 것 같았다.

'다른 가문의 가주들도 모두 북궁 가주와 같다면 더없

이 좋을 것을…….'

그때였다.

"가주!"

무사 한 명이 황급히 뛰어 들어왔다.

"무슨 일이냐?"

"절강성 앞바다에서 전가와 동영이 해전을 시작했다고 합니다!"

북궁천이 눈빛을 가라앉혔다.

소무백의 얼굴도 한없이 굳어졌다.

"역시 동영이 일부 병력을 남겨 둔 모양입니다."

"그럴 수도 있고, 아니면 놈들이 바다를 건너올 때 타고 왔던 함대가 전가의 눈에 띄었을 수도 있을 것입니다. 만약 후자라면 크게 걱정하지 않아도 될 듯합니다. 적의 병력이 얼마 되지 않을 테니까요."

"흠. 제발 그래야 할 텐데 말입니다."

북궁천이 무사를 향해 말했다.

"소식이 올라오는 대로 그 즉시 내게 알려야 할 것이다."

"알겠습니다!"

"아니다! 내가 직접 정보전으로 가마."

북궁천이 자리를 떨치고 일어섰다.

"같이 가시죠."

소무백도 일어섰다.

"먼 길을 오신다고 피곤하실 텐데 제게 맡기시고 좀 쉬시는 것이……."

"아닙니다. 강호가 풍전등화의 위기에 처했는데 어찌 한가로이 쉴 수가 있겠습니까. 어서 가시지요."

"예. 그럼."

북궁천과 소무백은 곧장 검가의 정보전으로 향했다.

잠시 후 정보전의 문을 열고 들어서는 북궁천에게 한 무사가 새로운 소식을 전했다.

"가주! 전가가 밀리고 있다는 보고가 막 올라왔습니다! 함대의 규모에서 적이 압도하는 것 같습니다!"

"보다 상세한 내용은 없었느냐?"

"예. 전서에 그렇게만 적혀 있었습니다."

북궁천의 얼굴이 다시 한번 무겁게 가라앉았다.

'이러면 나는 북천으로 가지 못하게 되는데…….'

누구보다 먼저 북천으로 가고 싶은 북궁천으로서는 안타까운 상황이 아닐 수 없었다.

* * *

백야벌.

연후를 대신하고 있는 집법원주 여태량의 얼굴이 꽤 심

각했다.

 그는 전쟁이 발발한 이후로 집법원이 아닌 지존궁에 머무르며 수시로 수뇌부들과 회의를 통해 전쟁에 대처하고 있었다.

 작금의 상황에서 가장 심각한 사안은 동영이 북천으로 향한다는 것이었다.

 마땅히 병력을 북천으로 더 보내야 했지만, 동영이 전 병력을 움직인 것이 맞는지 확실하지 않은 상황이었기에 섣불리 결정을 내릴 수가 없었다.

 여태량을 곤혹하게 만든 것은 연후가 아직까지 동원령에 대한 어떠한 의견도 전해 오지 않았다는 점이었다.

 '내게 결정을 미루신 건가? 아니면 동원령이 필요 없다고 판단을 하신 건가.'

 연후의 의도를 모르니 여태량으로서는 더욱더 곤혹스러울 수밖에 없었다.

 '북천을 구하기 위해 동원령을 내리면 사사로움을 앞세운다는 비판에 직면할 수도 있다. 혹시 그것을 우려하시는 건가?'

 여태량의 머릿속이 엉클어진 실타래처럼 복잡하게 변해갈 때, 한 중년인이 들어섰다.

 "동영이 남부 지방에 병력을 남겨 두었음이 확인되었습니다. 이틀 전에 복건성 앞바다로 나아가던 전가가 놈들과 충돌한 후 퇴각 중이라는 보고가 막 올라왔습니다."
"전가가 또 패했단 말이오?"
"보고에 의하면 그렇습니다."
여태량의 얼굴이 돌덩이처럼 굳어졌다.
이러면 백야벌은 온전히 북천으로 병력을 보낼 수가 없었다.
"적의 규모에 대해서는 알려 온 것이 있소?"
"함대의 규모가 수백 척에 달한다고 하니, 육지에 병력이 어느 정도나 남아 있는지에 따라 최소 수만에 달할 것으로 예상됩니다."
"수만이라면 크게 걱정할 정도는 아닌데……."
"그렇습니다. 하지만 북천으로 향한 것이 적의 계략이었다면, 만에 하나 벌이 북천으로 병력을 보냈을 때 동영의 병력이 다시 남부로 방향을 튼다면 문제가 심각해질 수도 있습니다."
파르르…….
여태량의 눈가에 경련이 일었다. 그가 이러지도 저러지도 못하는 가장 중요한 이유가 바로 그것이었다.
'대지존이라면 이러한 상황에서 어찌하셨을까?'
여태량은 갑자기 탄식을 쏟아 냈다.
"하아……."
"왜 그러십니까?"

"역시 이 몸은 중책을 맡을 자격이 없는 것 같소. 이런 중차대한 상황에서 대지존이라면 어떡하실까, 하는 생각만 하고 있으니……."

"대지존께 연락을 취해 두었으니 조금만 기다려 보시지요."

"그 조금이 전쟁의 향방을 바꿀 수도 있으니 이렇게 탄식하는 것이 아니겠소."

"……."

그때 한 백포인이 안으로 들어섰다. 바로 사공천의 뒤를 이어 백야검단의 단주에 오른 왕퉁이었다.

그가 여태량을 향해 결연한 어조로 말했다.

"언제까지 동영의 움직임에 발이 묶여 있을 수만은 없으니 저희 백야검단만이라도 속히 북천으로 보내 주십시오."

중년인이 왕퉁을 나무랐다.

"병력은 신중하게 움직여야 하네! 대지존을 걱정하는 자네 마음은 충분히 이해하나, 벌은 중원 전체를 생각해야 하니 흥분을 가라앉히고 기다리게나."

그러나 왕퉁은 물러서지 않았다.

"저희 백야검단은 대지존의 직속 부대로, 중원 전체보다 대지존의 안위가 우선입니다."

"어허! 이 사람이……!"

북궁천의 고뇌 〈17〉

중년인이 목소리를 높이려던 그때, 여태량이 가로막고 나섰다.

"단주 말이 맞네."

여태량은 왕통을 직시하며 말을 이었다.

"백야검단은 즉시 북천으로 향하도록 하게. 단, 어떤 변수에도 대응할 수 있도록 북천의 주군가 인근 지역에서 대기토록 하게. 이것이 내가 할 수 있는 최대의 양보일세."

"……알겠습니다."

왕통은 한 차례 고개를 숙이고는 대전을 빠져나갔다.

그때, 또 한 사람이 대전으로 들어서다가 그와 마주쳤다. 바로 주작전주 차소령이었다.

왕통과 눈빛을 주고받은 그녀가 여태량의 앞으로 걸어가 머리를 숙였다.

"저희 주작전도 백야검단과 함께 움직이겠습니다."

"너희 주작전의 임무는 아가씨를 호위하는 것이다! 한데 어찌 경솔하게 나서는 것이냐!"

"아가씨께서 허락하신 일입니다."

차소령은 중년인을 쳐다보지도 않고 여태량을 직시했다. 잠시 고민에 잠겼던 여태량이 이번에도 고개를 끄덕였다.

"그렇게 하거라."

"알겠습니다."

머리를 조아리고 대전을 빠져나온 차소령을 왕퉁이 기다리고 있었다.

"허락은 받으셨소?"

"예."

"그럼 서둘러 움직입시다."

"정말 북천의 주군가 인근 지역에서 대기하실 건가요?"

"전주의 생각은 어떠하시오?"

"아가씨께서는 북천을 도우라 하셨습니다. 저는 아가씨의 명에 따를 생각입니다."

씨익.

백포인이 이를 드러내며 웃었다. 백 마디 말보다 더 강한 의지가 담긴 그런 미소였다.

잠시 후 천추검단과 주작전이 백야벌의 정문을 빠져나갔다.

여태량은 지존궁의 창을 통해 흙먼지를 일으키며 빠져나가는 두 부대를 지켜보며 나지막이 한숨을 토했다.

'대공이라도 계셨으면 아무 걱정도 없겠거늘……'

그는 다시 한번 깨달았다. 이 자리가 자신의 능력으로는 도저히 감당할 수 없는 것임을.

"하아……."

* * *

연후의 거처.

서백이 그를 찾았다.

"역시 주군의 예상대로 적은 본 가로 향하는 길목을 차단하는 데 주력하고 있습니다."

서백은 정찰을 통해 확인한 내용을 상세히 설명했다. 설명을 듣는 연후의 표정은 언제나 그러하듯 무심할 뿐이었다.

"가서 백운, 무진 좀 불러와."

"알겠습니다."

서백이 거처를 빠져나갔다.

연후는 자리에서 일어나 창 쪽으로 향했다. 창문을 열자 확연히 따뜻해진 바람이 그의 얼굴을 부드럽게 쓸고 지나갔다.

세가 곳곳에서 무사들이 여전히 분주하게 움직이고 있었다. 무너진 담장도 보수가 끝나 가고 있었고, 석차도 만반의 준비를 끝낸 상태였다.

연후는 현진과 나란히 서 있는 야월의 뒷모습에 시선을 고정시켰다.

보고 있자니 기분이 묘했다.

한때 가장 껄끄러운 상대이자 비협조적이었던 야월이

었다. 그런 그가 여전히 완쾌되지 않은 몸으로 이 전쟁에 누구보다 적극적으로 임하고 있었다.

지금껏 북천과 관계가 깊었던 다른 가문은 황하수련을 제외하면 아무도 없었다. 물론 각자의 자리에서 최선을 다하고 있겠지만 묘한 기분이 드는 것은 어쩔 수 없었다.

'서북무림도 내가 방법을 달리했더라면 한편이 될 수 있었을까?'

요즘 들어 연후는 자신의 가치관에 대해 고민하는 시간이 늘고 있었다.

지금까지의 자신은 적이면 누구도 용서하지 않았고, 방해가 된다고 판단되면 적으로 간주하여 더 이상의 기회를 주지 않았다.

월가도 그 범주 안에 들어 있던 곳이었다.

휘이잉!

바람이 한 차례 더 불어와 머리카락을 쓸고 지나갈 때, 백운과 설무진이 들어섰다.

"찾으셨습니까?"

연후는 눈빛을 고치고 돌아섰다.

"나와 함께 가야 할 곳이 있으니 준비해라."

"언제 떠나시겠습니까?"

"한 시진 후."

"알겠습니다."

연후는 밖으로 나서는 백운과 설무진의 뒷모습을 잠시 지켜보다가 벽에 걸어 두었던 장포를 걸치고 검을 챙겼다.

철우가 물었다.

"어디로 가십니까?"

"적이 차단한 길목 중에서 기습이 용이한 곳."

"쌍봉곡입니까?"

"그래. 그곳으로 간다."

"알겠습니다."

* * *

쌍봉곡(雙鳳谷).

두 마리 봉황의 전설이 깃든 그곳은 백야벌에서 철혈가로 이어지는 길목 중 한 곳이었다.

나백은 철혈가로 향하는 모든 지원 병력을 끊고자 길목마다 병력을 배치했는데, 이곳 쌍봉곡도 그중 한 곳이었다.

휘이잉!

계곡을 타고 올라온 강풍이 숲을 뒤흔드는 가운데 연후는 쌍봉곡이 한눈에 내려다보이는 맞은편 산의 정상에 올랐다.

철인족과 북로검단이 그와 함께했다.

당초 육손이 함께 오려고 했지만 전면전에 대비하여 독을 아껴야 했기에 허락하지 않았다.

연후는 쌍봉곡 주변을 날카롭게 살폈다.

우거진 숲 때문에 적은 보이지 않았다. 하지만 계곡의 형태만으로 적이 어디에 매복하고 있을지는 충분히 짐작할 수 있었다.

철우가 물었다.

"바로 공격하시겠습니까?"

"일단 적의 규모부터 파악해야 한다. 너희 두 명이 그걸 해 줘야겠다."

"알겠습니다."

"예."

철우와 서백이 먼저 산을 내려갔다.

한편 백운과 설무진은 홀로 정상에 서서 쌍봉곡을 내려다보는 연후의 뒷모습을 응시하다가 서로를 쳐다봤다.

설무진이 말했다.

"평소보다 더 신중하신 것 같습니다."

"원래 신중하신 분이다. 다만 뭔가를 시작하면 워낙에 압도적인 결과를 내신 까닭에 그렇게 보이지 않을 뿐이다."

설무진은 묵묵히 고개를 끄덕였다.

그는 연후와 이런 식으로 함께 작전에 나선 적은 거의 없었다. 물론 이전까지 두 번의 전쟁에 참여했지만 그때마다 자신들은 대군의 일부분에 불과했었다.

두근.

설무진은 가슴이 뛰었다.

이제 연후는 그에게 있어 우상과도 같은 존재. 그런 연후와 하나의 작전에서 함께할 수 있다는 것만으로도 가슴이 벅차올랐다.

그때였다. 연후가 뒤를 돌아봤다.

"둘 다 나 좀 볼까?"

"예!"

"예."

백운과 설무진이 재빨리 연후의 곁으로 뛰어올랐다. 연후는 쌍봉곡의 좌측을 가리켰다.

"북로검단은 저곳에 매복한 채 대기하고 있다가 적이 내려오면 공격한다."

"지금 바로 내려갑니까?"

"적의 위치만 파악되면 곧장 움직이도록 해."

"알겠습니다."

연후는 설무진을 향해 말했다.

"철인족은 나와 함께 움직인다."

"알겠습니다."

대답을 하는 설무진의 얼굴이 살짝 상기되었다. 북해에서 그 강력한 빙궁을 상대로 수년에 걸쳐 전쟁을 치렀던 그였지만, 지금은 마치 첫 출전을 한 무사처럼 들떠 있었다.

"돌아올 때까지 쉬어 두도록 해."

"예."

"알겠습니다."

둘이 제자리로 돌아가자 연후는 정상 좌측에 우뚝 솟아 있는 바위에 걸터앉았다.

잠시 후, 서백이 혼자 돌아왔다.

"대략 일만 정도가 매복을 하고 있는 것 같습니다. 협곡 후미에 오천 정도, 나머지는 좌우측 능선에 포진하고 있었습니다."

"철우는?"

"형님은 지켜볼 게 있다면서 남았습니다."

"그래?"

"매복을 하고 있는 병력 중에 자폭을 하던 그 흑인들도 있었습니다. 아마 형님께서는 정확히 그놈들의 숫자가 몇이나 되는지 확인하기 위해 남으신 것 같습니다."

연후는 묵묵히 고개를 끄덕이고는 백운과 설무진을 돌아보며 눈짓을 했다.

백운이 먼저 북로검단을 이끌고 산을 내려갔다. 뒤이어

설무진과 철인족은 연후와 함께 다른 방향으로 산을 내려갔다.

* * *

철우는 수풀 틈으로 보이는 흑인들을 바라봤다.

모두 열 명 정도?

뒤쪽 우거진 숲에서 기척이 전해지는 것을 보면 더 있을지도 모를 상황이었다.

'자폭을 하는 놈들이 도대체 얼마나 있는 거지?'

작금의 상황에서 철혈가에게 가장 두려운 존재는 다른 무엇도 아닌 바로 저 흑인들이었다.

목숨을 도외시한 자폭 공격은 천하고수도 막기 힘든 강력한 무기이자 공격 방법이었다.

자폭만 무서운 게 아니었다.

몇몇은 놀라울 정도로 강력했고, 그런 강력한 흑인이 어디에 얼마가 더 있을지 모른다는 것이 상당한 위험 요소였다.

'가능하면 기습을 통해 최대한 많이 제거를 하는 것이 최선인데…….'

그러했기에 철우는 홀로 남아 흑인들을 살피고 있었다.

그들의 숫자와 포진하고 있는 장소를 완벽하게 숙지한

다음, 전투가 시작되면 살수공을 통해 제거할 심산이었다.

철우는 피눈물을 흘리며 숨을 거두던 관백의 최후를 떠올리며 지그시 눈을 감았다.

그리고 다시 눈을 떴을 때, 신경을 쓰고 지켜봤던 뒤쪽 숲에서 흑인들이 모습을 드러내고 있었다.

숲 밖에 나와 있던 자들까지 합하면 대략 스무 명 정도는 되는 것 같았다.

'육손을 데려왔더라면……'

육손이 있었다면 굳이 자신이 나서지 않더라도 저렇게 한곳에 모여 있을 때 독을 사용한다면 확실하게 제거할 수 있었을 터.

철우는 그 점이 아쉬웠다.

'일단 기다린다.'

철우는 기척을 완벽하게 죽인 채 공격이 시작되기를 기다렸다.

휘이잉!

싸아아!

* * *

쌍봉곡의 초입에 다다른 연후는 하늘을 살폈다.

'곧 있으면 큰비가 쏟아진다. 하면 불이 번지는 것을 걱정할 필요는 없다.'

무슨 작전을 세운 것일까?

의미심장한 말을 뇌까린 연후는 적이 가장 많이 매복하고 있다는 뒤쪽으로 움직였다.

그러기를 얼마나 지났을까?

우거진 숲이 끝나고 제법 넓은 초지가 나왔다. 그곳에는 오천에 달하는 적들이 모여 있었다.

이렇게 가까이 내려와서 보면 한눈에 보였지만, 협곡 밖에서 보면 전혀 보이지 않는 매우 은밀한 곳이었다.

한편 설무진은 의문이 가득한 눈빛으로 연후를 응시했다.

신호를 주면 그 즉시 맹화유로 공격한다.

산을 내려오면서 연후는 그렇게 지시했다. 맹화유로 공격을 한다 함은 화공일 수밖에 없었다.

하지만 여긴 산악 지대의 한복판이고, 일단 불이 일면 어디까지 번질지 생각만 해도 끔찍한 일이었다.

'정말 화공을 생각하신 건가?'

그때 연후가 그를 돌아봤다.

[시작한다.]

[알겠습니다.]

설무진은 의문을 접었다. 연후가 명령을 내렸으면 그저 따를 뿐이었다.

설무진은 철인족을 돌아보며 손짓을 보냈다. 그러자 서른 명의 철인족이 두 손에 맹화유가 담긴 호리병을 들고 능선 위쪽으로 올라갔다.

그중 한 명이 걱정스러운 표정으로 설무진에게 물었다.

[불을 질러도 괜찮겠습니까?]

[주군의 명이다. 따르거라.]

[……예.]

휘이잉!

싸아아!

거센 바람이 숲을 사납게 흔들어 준 덕분에 철인족은 어렵지 않게 적의 이목을 피해 능선으로 오를 수 있었다. 그리고 곧 심지에 불이 붙은 호리병이 허공을 가르며 적들을 향해 날아갔다.

퍼퍼퍼펑!

폭음과 함께 화염이 치솟았다.

바람이 시작되는 지점에서 일어난 화염은 바람을 타고 엄청난 속도로 적들이 모여 있는 곳을 향해 번지기 시작했다.

"적이다!"

"화공이다!"

난데없는 화염에 느긋하게 모여 있던 적들이 혼란에 빠져들었다.

퍼퍼펑!

"우악!"

"크아악!"

두 번째 날아든 호리병이 적진 한복판에 떨어졌다.

화염을 뒤집어쓴 적들이 비명을 지르며 날뛰었다. 동료들이 불을 꺼 주기 위해 달려들었지만 맹화유가 괜히 악마의 불꽃이라 불리는 것이 아니었다.

"끄아악!"

"크아악!"

"빌어먹을! 고통을 없애 줘라!"

퍼퍽!

결국 동료의 목을 베어 고통을 없애 주는 게 그들이 할 수 있는 최선이었다.

"불길이 내려온다! 뒤로 물러서라!"

"물러서라!"

화르륵!

이미 거대한 장벽처럼 커져 버린 화염을 인간의 힘으로 어찌할 방법은 없었다.

적들이 화염을 피해 뒤쪽으로 물러서기 시작했다.

전혀 예상치 못한 공격이라 대형이 제대로 유지될 리가 없었다. 거의 오천에 달하던 병력이 북쪽을 제외한 세 방향으로 물러서면서 병력이 분산되는 결과로 이어졌다.

 그중 이천여 명 정도가 북로검단이 매복하고 있는 곳으로 밀려가고 있었다.

 연후와 철인족이 있는 곳을 향해 내려오는 적은 채 오백이 되지 못했다.

 그 정도로도 다섯 배는 족히 넘는 병력이었지만 철인족의 누구도 두려워하는 기색은 손톱만큼도 찾아볼 수가 없었다.

 그것이 연후가 이들을 데려온 이유였다.

 스르릉.

 연후는 천천히 검을 뽑았다.

 "좌우측 능선에 있는 적들이 내려오기 전에 공격을 마친다. 도주하는 적은 쫓지 말고, 오직 내 명령에 집중해라."

 "예!"

 팡!

 연후가 먼저 뛰쳐나갔다.

 철컥철컥!

 설무진과 철인족이 방패를 공격형으로 모양을 바꾸며 그 뒤를 쫓아 맹렬히 달려 나갔다.

"빙궁의 개들을 모조리 때려잡는다!"
"대갈통을 부숴 버려! 개새끼들!"
우와아아!

* * *

"뭐야?"
갑자기 치솟는 화염을 보며 백운은 두 눈을 부릅떴다.
측근이 놀라서 외쳤다.
"화공은 너무 위험한 거 아닙니까!"
"이러면 온 산에 불이 번질 텐데……."
북로검단의 모두가 크게 놀랐다.
이런 산악 지대에서의 화공을 누군들 상상할 수 있었을까?
하물며 여긴 북천의 영토 한복판이나 다름없는 곳이지 아닌가.
'대체 무슨 생각을 하고 계신 건가?'
백운은 연후가 있을 것으로 추정되는 지역을 응시하며 눈빛을 떨었다.
하지만 그것도 잠시. 이내 특유의 강렬한 안광을 번뜩이며 모두를 향해 나지막이 외쳤다.
"공격 대형으로 전환하라!"

"공격 대형으로!"

철컥철컥!

방패가 일제히 날을 드러내기 시작했다.

이제 북천의 모든 무사들에게 더없이 강력한 무기로 자리매김을 한 송영의 방패였다.

특히 북로검단은 북벌을 준비하는 과정에서 방패를 이용한 공격에 심혈을 기울였고, 이미 몇 번의 전투에서 그 결과를 확인한 바가 있었다.

화르륵!

콰르르!

뜨거운 열기가 백운과 북로검단에게까지 전해졌다. 그러기를 얼마나 지났을까?

수풀을 헤치며 뛰어나오는 적들이 보이기 시작했다.

백운이 땅에 꽂아 두었던 대도를 뽑으며 혀로 입술을 핥았다.

"도주하는 적은 쫓지 마라. 단, 사정권으로 들어서는 적은 한 놈도 놓치지 마라!"

* * *

종잡을 수 없을 만큼 수시로 바뀌는 바람의 방향이 화염의 크기를 순식간에 거대하게 바꿔 놓았다.

차라리 한쪽으로 불어 대는 바람이라면 대처가 쉬울 텐데, 수시로 바뀌는 방향 때문에 적도 대처가 까다로웠다.

좌우측 능선에 포진했던 적들이 난데없는 상황에 매복을 풀고 남쪽으로 물러서기 시작했다. 화염이 위쪽으로 치고 올라오면 빠져나갈 곳이 사라져 버리기 때문이었다.

누군가가 부르짖었다.

"미친놈들! 이런 곳에서 화공이라니!"

"속히 후방으로 물러나라! 어서!"

"물러나라!"

좌측 능선에 매복했던 적들은 상대적으로 수월하게 화염을 피해 빠져나갈 수 있었다.

하지만 우측에 포진했던 적들은 화염이 방향을 바꾸면서 진로를 막아 버리는 바람에 다시 위로 올라갈 수밖에 없었다.

"빌어먹을!"

"우앗!"

곳곳에서 아우성이 터졌다. 무복이 강력한 열기를 이기지 못하고 눌어붙기 시작한 탓이었다.

"열기에서 벗어나려면 산을 넘어가야 합니다!"

"빌어먹을……! 모두 산을 넘어간다!"

수장의 명령에 적들은 동료들을 놔두고 산의 정상을 오르기 시작했다.

그 와중에 뒤처졌던 적들이 불붙은 무복을 벗어 내며 가파른 능선을 타고 오르느라 큰 혼란이 빚어졌다.

화르륵!

후드득!

매복 부대의 수장이 산의 정상에 올라 아래를 내려다보며 치를 떨었다.

바르르…….

"미치지 않고서야 어떻게 자신들의 영토 한복판에, 그것도 이런 산악 지대에서 화공을 펼친단 말인가?"

그때였다.

"크아악!"

"으악!"

쌍봉곡 남쪽에서 비명이 터져 나오기 시작했다.

자연스럽게 돌아간 수장의 두 눈이 찢어질 듯 커졌다.

"……이연후!"

* * *

쌍봉곡으로 작전을 떠나기 두 시진 전.

연후와 현진이 대전각의 지붕 위에서 나란히 하늘을 바라보며 섰다.

연후가 물었다.

"저녁 무렵에 비가 올 확률을 얼마로 보나?"

"무조건 오게 되어 있습니다."

"그럼 됐어."

"뭐가 말입니까?"

연후는 현진을 돌아보며 말을 이었다.

"적을 숲에서 내쫓아야겠어. 하면 병력의 규모를 파악하는 데 도움이 되겠지."

"혹시……."

"그래. 네가 생각하는 바로 그거다."

"비가 예상보다 늦게 내리면 피해가 클 수도 있는데 괜찮겠습니까?"

"그 정도 위험은 감수해야지 않겠나."

* * *

현진은 작전에 나서기 직전의 연후와 나눴던 대화를 떠올리며 하늘을 응시했다.

맑았던 하늘에 서서히 먹구름이 드리워 가고 있었다. 먹구름이 드리운다고 무조건 비가 오는 것은 아니지만 현진은 자신의 천문을 믿었다.

'성공한다면 큰 힘을 들이지 않고 적을 숲에서 평야로 나오게 만들 수 있다. 더 운이 따라 준다면 군영까지 뒤

로 물러나게 만들 수 있을지도…….'

현진은 눈빛을 가라앉히며 뒤를 돌아봤다.

뇌검과 그의 수하들이 대기하고 있었다.

"시작하게."

"예, 군사."

뇌검과 수하들이 철혈가의 담장을 넘어 사라졌다. 그런 그들의 손에 맹화유가 담긴 호리병이 각각 두 개씩 들려 있었다.

현진은 적의 본대가 있는 곳으로 시선을 돌렸다.

'그 누구도 생각지 못할 계책이다. 하물며 자신의 영토를 불태울 수 있는 주군이 또 누가 있을까. 이 작전은 무조건 성공할 수밖에 없다.'

그때였다.

현진의 두 눈에 하늘을 덮어가는 연기가 들어찼다. 대략 거리를 계산해 보니 쌍봉곡이 위치한 곳쯤 되는 것 같았다.

'시작된 모양이군.'

* * *

방패의 맛을 알아 버린 연후. 오늘도 연후는 송영의 방패를 들고 전투에 임했다.

그 자체로 강력한 무기라 할 수 있는 방패가 광마혼을 담으니 혈마번에 버금가는 살상력을 발휘했다.

퍼퍼퍽!

"크악!"

"끄아악!"

적들 한가운데로 뛰어든 연후는 닥치는 대로 베고 부수며 전장을 헤집었다.

어지간한 공격은 방패가 막아 냈고, 방패를 후려친 적들은 광마혼의 반력을 감당하지 못하고 오장육부가 터져 나가는 참혹한 죽음을 맞았다.

그것만이 아니었다.

방패에 광마혼을 담아 강기로 발출하니 위력은 배가되었고, 한 번도 경험하지 못한 괴이한 수법에 적은 속수무책으로 당할 수밖에 없었다.

"빌어먹을! 대체 저게 뭐냐!"

"으……."

적들은 연후를 피하기 시작했다.

하지만 그들을 기다리는 것은 원한과 적개심의 화신, 철인족이었다.

개개인의 무력 차와 방패라는 강력한 무기까지 더해진 철인족은 적들에게 있어 연후만큼이나 무서운 존재였다.

아니, 잔혹함에 있어서만큼은 연후보다 더하면 더했지

결코 부족하지 않았다.

"개새끼들! 뒈져 버려!"

콰콰콱!

"크아악!"

"끄아악!"

화르륵!

화염까지 더해진 전장은 지옥, 그 자체였다. 연후와 철인족의 살수를 피해 뒤로 물러서던 적들이 화염에 휩싸인 채 죽어 갔다.

좌우도 마찬가지였다. 이미 그곳도 거센 화염으로 덮여 있었기에 적들이 살아날 방법은 연후와 철인족을 돌파하는 것뿐이었다.

"물러서도 죽음이다! 진격하라!"

"이연후를 죽여라! 공격하라!"

북해빙궁은 결코 만만한 적이 아니었다.

빈틈이라고는 없을 것 같던 철인족의 공격 대형이 서서히 흔들리기 시작하면서 사상자가 나오기 시작했다.

하지만 이미 거의 일천에 달했던 적은 절반 이상이 죽어 나간 뒤였다.

연후는 뒤를 돌아봤다. 백운과 북로검단이 있는 곳에서도 전투가 벌어지고 있었다.

우우웅!

혈마번이 일어나 적들을 덮쳤다.
위이잉!
퍼퍼퍽!
"크아악!"
"끄악!"
연후는 설무진을 향해 나지막이 외쳤다.
"북로검단이 있는 곳으로 물러간다!"
"예!"
연후와 철인족은 뒤쪽으로 몸을 날렸다. 서백이 뒤를 따랐다.

적들은 뒤를 쫓을 생각도 못한 채 오히려 살아남았음에 안도하기 바빴다.

연후와 서백, 철인족은 북로검단이 있는 곳으로 빠르게 달렸다.

콰콰쾅!

그때, 돌연 엄청난 폭음이 화염 너머에서 일어났다. 맹화유가 터질 때와는 확연히 다른 폭음이었다.

순간 연후는 철우를 떠올렸다.

'철우……!'

연후는 설무진의 어깨를 잡았다.

척!

"너희는 북로검단을 도와라. 서백, 너도 이들과 함께

가라."

"어디 가십니까?"

"나중에 보자."

쾅!

땅을 박차고 뛰어오른 연후는 그대로 화염 속으로 뛰어들었다.

화르륵!

* * *

매복 부대의 수장은 산의 정상에서 불바다가 되어 버린 전장을 내려다보며 치를 떨었다.

"그 짧은 시간에 병력의 절반이 사라지다니⋯⋯."

적의 공격보다는 싸워 보지도 못하고 화염에 당한 아군의 수가 훨씬 더 많았다. 바람의 방향이 수시로 바뀐 것 때문에 피해는 더 클 수밖에 없었다.

지금도 화염은 아군을 덮치고 있었고, 미처 빠져나가지 못한 아군의 처절한 단말마가 이곳에까지 전해지고 있었다.

바르르⋯⋯.

'빌어먹을⋯⋯.'

"소문보다 더 잔혹한 자입니다! 누구도 이런 곳에서 화공을 생각지는 못합니다!"

측근의 목소리가 심하게 떨리고 있었다.

주변을 둘러본 수장은 다시 한번 치를 떨었다. 함께하고 있는 병력이 이천이 채 되지 않았던 것이다.

꽈악!

치아가 입술을 파고들며 피가 뚝뚝 떨어졌다.

수장의 두 눈이 독기를 품어 갔다.

'오냐. 기왕에 이렇게 된 거, 더 크게 번져서 산천초목을 모조리 잿더미로 만들어 버려라. 이연후, 저 악독한 놈이 자신의 선택을 후회하게끔……'

그때였다.

우르릉!

하늘 먼 곳에서 천둥이 쳤다.

뒤이어 빗줄기가 떨어지기 시작하자 수장의 두 눈은 다시 한번 세차게 흔들렸다.

'설마 비가 올 것을 예상하고 화공을……'

쏴아아!

* * *

쏴아아!

빗줄기는 순식간에 한여름의 소낙비처럼 거세게 변해

갔다.

주르륵.

철우의 뺨을 타고 한 줄기 선혈이 흘러내렸다.

그런 그의 주변이 초토화가 되어 있었다. 새카맣게 타다만 나무에는 살점이 덕지덕지 붙어 있었고, 그 너머에서 열 명의 흑인이 맹렬히 달려오고 있었다. 철우와의 전투에서 절반이 죽어 버린 것이다.

"후욱!"

철우는 크게 숨을 토하고는 숲으로 뛰어들었다. 자폭에 휩쓸리며 부상을 입었고, 공력도 서서히 한계를 향해 달려가고 있었기에 더 이상의 전투는 불가능했다.

사사삭!

철우는 숲을 타고 북쪽으로 나아갔다.

아군에게 가려면 남쪽으로 가야 했지만 흑인들 때문에 그럴 수가 없었다.

우지끈!

파파팟!

뒤쪽에서 날아든 강기에 나무가 쓰러지고 수풀이 자욱하게 솟구쳐 올랐다.

열 명이 동시다발적으로 날리는 강기는 한계에 다다른 철우에게 상당한 위협이 되었다. 스쳐 맞기만 해도 치명적인 결과로 이어질 터였다.

욱신!

철우가 달려가면서 옆구리를 눌렀다. 손가락 사이로 피가 꾸역꾸역 흘러내렸다.

자폭에 휩쓸리면서 곳곳에 자잘한 부상을 입었는데, 옆구리 쪽 상처가 제법 깊었다. 때문에 달릴수록 고통은 심해졌고, 호흡마저 방해를 받으면서 속도는 점점 느려질 수밖에 없었다.

철우는 뒤를 돌아봤다.

어느새 흑인들이 이십 장 안쪽까지 쫓아오고 있었다. 이대로라면 따라잡히는 것은 시간문제였다.

'이대로는 곤란한데…….'

철우는 주변을 살폈다.

그러다가 유난히 관목이 촘촘하게 우거진 곳을 발견하고는 그곳으로 방향을 틀었다.

찌이익!

달려가면서 장포를 찢어 옆구리를 단단히 묶은 철우는 남은 공력을 이용해 살수공을 펼쳤다.

철우가 감쪽같이 눈앞에서 사라지자 흑인들은 마구잡이로 강기를 날렸다.

쐐애액!

퍼퍽!

강기들은 간발의 차이로 철우의 몸을 스치듯 지나갔다.

'어쩌면 이곳에 내 무덤이 될 수도 있겠군.'

몸을 숨긴 철우는 다가오는 흑인들을 응시하며 빠져나갈 방법을 고민했다.

하지만 이내 포기해야 했다. 현재의 상태로 열 명의 흑인을 피해 빠져나가는 것은 불가능했다.

'한 놈이라도 더 죽일 수밖에.'

주변을 살피며 다가오던 흑인들이 철우를 발견하고는 상아처럼 흰 치아를 드러내며 싸늘히 웃었다.

그중 유일하게 눈빛이 살아 있는 흑인이 철우를 향해 검을 겨누며 외쳤다.

"갈기갈기 찢어발겨 주마."

"그러든가."

"쳐라!"

파팟!

두 명의 흑인이 철우를 향해 맹렬히 달려들었다. 절대적으로 유리한 상황임에도 두 명의 흑인은 자폭을 하기 위해 달려들고 있었다.

철우는 좌측으로 이동하면서 좌측의 흑인을 향해 강기를 날렸다. 동시에 바닥을 구르며 또 한 번 강기를 날렸다.

퍽!

첫 번째 강기는 빗나갔다.

하지만 두 번째 날린 강기가 좌측을 달려들던 흑인의 목을 잘라 버렸다. 흑인은 자폭을 하지 못한 채 꼬꾸라졌다.

그 와중에 우측의 흑인이 두 팔을 펼치며 허공으로 솟구쳐 올랐다.

'빌어먹을…….'

철우는 체념했다. 이제 더는 움직일 힘조차 남아 있지 않았다.

'죄송합니다, 주군.'

화아악!

최후의 힘까지 끌어낸 철우. 그는 거대한 새처럼 떨어져 내리는 흑인을 향해 마지막 일검을 날렸다.

아니, 날리려고 할 때였다.

퍽!

흑인의 머리가 수박처럼 터져 나갔다.

쏟아진 피와 뇌수가 철우의 육신을 덮었다. 폭발은 일어나지 않았다.

한 줄기 음성이 철우의 귓속을 파고들었다.

"그 나이에 객기나 부리다니."

실룩.

철우는 웃었다.

"……죄송합니다."

콱!

숲 뒤에서 손 하나가 불쑥 튀어나와 철우의 왼팔을 휘감았다.

* * *

연후는 철우를 안고 달렸다.

마음 같아서는 흑인들을 모조리 죽이고 싶었지만 철우를 구하는 것이 우선이었다.

뒤를 돌아보니 흑인들이 맹렬히 쫓아오고 있었다. 하지만 거리는 격차는 점점 벌어졌고, 일각 정도의 시간이 흘렀을 때, 연후와 철우는 놈들에게서 벗어날 수 있었다.

"조금만 참아."

"……예."

꽈르릉!

쩌저적!

뇌전이 머리 위에서 거미줄처럼 얽히며 늘어졌다.

연후는 달리면서 전장을 살폈다.

온 세상을 잿더미로 만들어 버릴 것 같았던 불길이 빠르게 잦아들며 하얀 연기가 주변을 안개처럼 덮어 가고 있었다.

형체조차 알아보기 힘들 정도로 짓이겨진 시신, 대부분

은 숯덩이로 변해 있었다. 채 숨이 끊어지지 않은 적들의 고통에 찬 울부짖음까지.

 지옥이 있다면 아마도 이러한 모습이 아닐까?

 철우가 힘겹게 물었다.

 "비가 올 것을 예상하고 화공을 선택하신 겁니까?"

 "답은 나중에 해 줄 테니 한숨 푹 자도록 해."

 연후는 철우의 수혈을 짚었다. 그는 이내 축 늘어지는 철우의 얼굴을 응시하며 미간을 좁혔다.

 '죽을 생각을 한 거냐? 바보 같은…….'

2장
작전은 성공하고

작전은 성공하고

북해빙궁 본영.

홀로 찻잔을 기울이던 나백이 측근의 보고에 두 눈을 부릅떴다.

"뭐라! 화공이라!"

"예! 놈들이 사방에 불을 지르고 있습니다! 벌써 불길이 군영 외곽을 덮어 가고 있습니다!"

쾅!

나백은 생각지도 못한 상황에 자리를 박차고 일어섰다.

화공이라니. 세상에 누가 자신들의 영토에, 그것도 삼면이 산악 지대인 이곳에 불을 지를 수 있단 말인가.

한 번 불길이 번지면 인간의 힘으로는 절대 감당할 수 없는 재앙이 닥칠 것은 자명한 사실이었다.

"이연후, 이 미친놈이……."

"위기를 돌파할 방법으로 선택한 고육지책인 것 같습니다! 일단은 군영을 산악 지대에서 최대한 먼 곳으로 옮겨야 할 것 같습니다!"

"어디로 가야 한단 말이냐!"

"남쪽을 제외한 삼면이 산악 지대이니 남쪽으로 내려가야 할 것 같습니다!"

나백은 어금니를 악물었다.

꽈악!

현재 자신들이 머물고 있는 곳은 철혈가를 압박하는 데 있어서 최적의 장소였다. 이곳에 진을 치고 있으면 철혈가가 밖으로 나오지 못함은 물론이고, 철혈가로 향하는 지원 병력까지 차단할 수 있었다.

그때였다.

"대궁주, 속하입니다."

막사 밖에서 굵직한 목소리가 흘러들었다.

"들어오너라!"

막사 안으로 들어서는 이는 쌍봉곡에 매복하고 있다가 연후와 북로검단의 공격에 퇴각했던 중년인이었다.

"쌍봉곡에 있어야 할 네가 어째서 돌아온 것이냐?"

"그게…… 적의 기습이 있었습니다."

설명이 이어졌다.

나백의 얼굴이 점차 일그러졌다.

"설마하니 놈들이 산악 지대의 한복판에서 화공을 들고 나올 줄은 상상조차 못했던 터라…… 죄송합니다."

"몇이나 돌아왔느냐!"

"……저를 포함하여 이천 정도만 빠져나올 수 있었습니다."

팟!

나백의 두 눈이 살광을 품었다.

뒤이어 그의 몸에서 발출된 혈광이 중년인의 목을 휘감았다.

콰악!

"큭!"

툭!

이내 중년인의 머리가 분리되어 떨어졌다. 놀랍게도 목이 떨어졌건만 피가 흐르기는커녕 잘린 단면이 새카맣게 타들어 가고 있었다.

죽은 자를 내려다보는 나백의 두 눈은 살광과 더불어 진한 분노를 담고 있었다.

"이연후를 봤으면 죽기를 각오하고 싸웠어야 하거늘……."

참혹한 광경에 막사 안의 분위기가 싸늘하게 얼어붙었다.

한 측근이 용기를 내어 재촉했다.

"대궁주, 속히 결정을 내려 주셔야 합니다. 불길이 점점 다가오고 있습니다."
"군영을 옮긴다!"
"존명!"

* * *

현진은 충천하는 화염을 바라보며 눈빛을 가라앉혔다. 바람을 탄 화염은 상상이상의 속도로 빠르게 번져 가고 있었다.
술렁.
담장 위로 올라와 불길을 지켜보는 모두가 크게 동요하고 있었다.
야월이 현진을 돌아보며 물었다.
"대지존의 뜻인가?"
"그렇습니다."
"당연히 후속 조치 정도는 세워 두었겠지만…… 그래도 이건 좀 과한 것 같네. 바람의 방향이 바뀌면 철혈가도 결코 무사하지 못할 것이네."
"불길이 이곳까지 올 일은 없습니다."
"……."
현진의 확신에 찬 어조에 야월은 슬며시 미간을 좁혔다.

지금껏 그가 지켜본 현진은 결코 허황된 말을 할 사람이 아니었다.

야월은 뭔가를 깨닫고 하늘로 시선을 던졌다. 그러고는 하늘 먼 곳에서부터 서서히 밀려드는 먹구름을 발견하고는 눈빛을 발했다.

"혹시 비가 올 것을 확신하고 있는 것인가?"

"그렇습니다. 다만 그 전에 적이 군영을 옮기기를 바랄 뿐입니다."

"하면 그걸 노리고 불을 질렀단 말인가?"

"여러 목적이 있지만 그것이 가장 크다고 할 수 있습니다. 하니 기다려 보시지요."

그때였다. 무사 한 명이 달려왔다.

"군사! 적이 남쪽으로 이동을 시작했습니다! 그리고 산악 지대에 자리를 잡고 있던 적들이 평지로 내려오고 있습니다!"

"수고했다."

담담히 대답을 한 현진은 하늘을 바라봤다.

'조금만 더 있다가 내려다오.'

"헉!"

"부, 불이……!"

소란이 일었다. 불길이 산 위쪽으로까지 치솟은 까닭이다.

하지만 현진은 담담했고, 그런 현진을 응시하는 야월의 눈빛은 점점 더 놀람의 빛으로 채워졌다.

'아무리 천문에 통달했다 한들, 이런 작전은 함부로 행할 수 없는 것이거늘…….'

그때였다.

투두둑!

빗줄기가 떨어지기 시작했다. 처음에는 가랑비처럼 내리는 것 같더니 이내 장대비로 바뀌어 갔다.

쏴아아!

"허어……."

야월이 실소를 터트렸다.

뒤이어 고개를 젖히며 파안대소했다.

"하하하!"

현진의 입가에도 흐릿한 미소가 맺혔다.

'성공인 것 같습니다, 주군.'

* * *

새로운 군영을 찾아 황급히 이동하던 나백은 갑자기 퍼붓기 시작한 장대비에 노호성을 터트렸다.

"갈!"

바르르…….

붉어진 얼굴이 경련을 일으켰다. 분노의 이면에는 경악이 혼재되어 있었다.

'설마 비가 올 것을 확신하고 화공을 펼쳤다는 것인가!'

그게 아니라면 아무리 연후가 포악한 존재라도 자신의 영토에 불을 지를 순 없었다.

'진정 천문까지 전술에 이용했다면……'

그럴 거라 생각하니 한 줄기 전율이 온몸을 관통하고 지나갔다.

'진정 무서운 놈이로다. 진정……'

* * *

"주군께서 오십니다!"
"주군께서 오신다!"
와아아!

모두가 돌아오는 연후를 향해 환호성을 터트렸다. 여전히 대전각의 지붕에서 비를 맞으며 서 있던 현진과 야월이 정문으로 향했다.

연후는 담장 위에서, 정문 앞에서 열렬히 환호하는 사람들을 응시했다.

현진과 야월이 정문을 넘어서고 있었다.

둘의 시선이 오십 장의 거리를 격하고 허공에서 얽혀들

었다.

현진이 웃으며 머리를 숙였다.

연후도 비로소 웃었다.

'이번 작전으로 적은 가급적 숲을 피하게 될 것이다. 나라는 인간은 언제든 다시 불을 지를 수 있다고 생각할 테니까. 하면 이제부터 정보전에서 확실하게 우위를 점할 수 있을 것이다.'

연후가 의도했던 것은 바로 이것이었다.

쏴아아!

빗줄기는 여전히 거셌다.

하지만 연후에게는 봄비만큼이나 달콤하게 느껴졌다.

* * *

철우는 꿈을 꿨다.

언제부턴가 마음 한쪽에 자리를 잡기 시작한 여인과 함께 수려한 풍경 속을 거니는 꿈이었다.

하지만 꿈은 오래가지 못했다. 극심한 통증이 방해를 한 것이다.

"후욱."

눈을 뜬 철우는 크게 숨을 토하며 어금니를 악물었다. 몸속을 비수로 헤집는 것 같은 극심한 통증에 그의 전신은 이내 식은땀으로 흥건히 젖어 갔다.

그때였다.

"그렇게 아픈 사람이 웃으면서 자요?"

"……!"

얼굴 하나가 불쑥 나타났다.

흐려진 동공에 맺힌 얼굴은 서령이었다.

"마셔요."

"……주군가로 돌아온 거요?"

"그럼 어디겠어요?"

서령은 철우를 부축했다. 힘겹게 상체를 일으킨 철우는 서령이 내민 그릇을 단숨에 비웠다.

피식.

"당신도 통증을 느끼나 보군요."

"내가 괴물인 줄 알았소?"

"거의 비슷하게 보긴 했죠."

"주군은 무사하시오?"

"그깟 작전에서 다칠 분은 아니잖아요? 무사하니 당신 몸이나 신경 쓰세요. 옆구리 살점이 이만큼이나 떨어져 나갔더군요."

"……."

철우는 옆구리를 내려다봤다.

하지만 그것조차도 힘들 정도로 통증이 심했다. 그런데

신기하게도 통증이 가시기 시작하더니 이내 아무런 감각조차 느끼지 못하게 되었다.

그때였다.

덜컹.

문이 열리고 동방리가 들어섰다. 그 뒤에 연후가 있었다.

"깨어나셨군요?"

"……심려를 끼쳤습니다."

"알면 다시는 그런 멍청한 선택은 하지 않도록 해."

"……예."

쿡!

동방리가 연후의 옆구리를 찔렀다.

"상처를 살펴봐야 하니 어서 누우세요."

서령이 철우를 부축해서 다시 눕혔다. 연후는 방 한쪽에 놓여 있던 의자에 앉았다.

동방리가 그를 돌아보며 말했다.

"어서 와서 도우세요."

"내가 말이오?"

"제가 침을 놓을 때 진기를 이용하면 효과가 훨씬 빨라요. 다만 저와 언니는 음공 계열이라 당신이 도와줘야 해요."

"……."

연후는 할 수 없이 자리에서 일어났다.
그때 서백과 육손이 문을 열고 들어섰다.
"형님!"
"깨어나셨네요?"
'마침 잘 왔네.'
연후는 다시 의자에 앉았다.
"서백."
"예?"
"가주를 도와 드려라."
"옙!"
동방리의 눈빛이 짐짓 매섭게 변했다.
"도와주지 않을 거면 나가세요. 지켜보고 있으면 집중에 방해만 되니까."
"……."
결국 연후는 밖으로 나섰다.
막 들어섰던 육손도 덩달아 쫓겨났다.

* * *

쏴아아!
갑자기 쏟아지기 시작한 폭우는 북천으로 향하던 동영의 진격을 잠시 멈추게 만들었다.

풍천은 막사 안에서 서문회와 술잔을 기울였다.

서문회를 대하는 풍천의 태도에 확연한 변화가 있었다. 덕분에 데면데면했던 사이가 꽤 나아졌고, 휴식을 취할 때면 이런 식으로 함께 술잔을 기울이는 시간을 통해 많은 대화를 나누었다.

"하하하!"

풍천의 호탕한 웃음소리가 막사를 뚫고 밖으로 흘러나갔다.

막사를 향해 다가서던 풍패가 걸음을 멈추고는 경계를 서고 있는 호위들에게 물었다.

"술을 많이 드셨느냐?"

"예. 조금 전에 세 병을 더 들이셨습니다."

"흠……."

풍패는 막사를 응시했다. 그런 그의 눈빛이 결코 좋지만은 않았다.

'요즘 들어 서문회를 너무 가까이 두신다. 결코 믿을 수 없는 자이거늘…….'

남부군단 공략에 실패하고 본대가 다른 경로를 통해 북진하고 있음을 전해 듣고는 뒤늦게 합류를 한 풍패였다.

당연히 질책이 떨어졌고, 수뇌부들의 만류로 간신히 처벌은 면했지만 자신을 대하는 풍천의 태도가 이전과는 확연히 달라지자 풍패는 위기감을 느끼고 있었다.

서문회도 위기감의 한 원인이었다.
풍패는 이내 눈빛을 고치며 나지막이 외쳤다.
"태합 전하, 속하입니다."
"들어오너라."

* * *

풍천은 안으로 들어서는 풍패를 차갑게 직시했다.
"어떻게 되었느냐?"
"방금 소식이 들어왔는데, 해동의 참전은 걱정하지 않아도 될 듯합니다. 함대 세 곳이 모두 해동을 떠나지 않았음을 똑똑히 확인하였다고 합니다."
"그래? 그거 다행이군."
풍천은 흡족한 표정을 지으며 술잔을 비웠다.
탁!
"전가는 해결하였느냐?"
"예. 사흘에 걸친 전투 끝에 궤멸에 가까운 피해를 입히고 남해군도로 쫓아내었다고 합니다."
"함대의 피해는 알아보았느냐?"
"송구하오나…… 전함 열 척을 잃었다고 합니다."
꿈틀.
풍천의 눈썹이 칼날처럼 휘어졌다.

"해동도 아닌 고작 전가 따위에게 열 척이나 잃다니……무능한 것들!"

"그래도 쉰 척이 넘는 적함을 격침시켰으니 그만 노여움을 푸십시오."

"전하거라! 주변 섬에서 물자를 조달하여 손실된 숫자를 반드시 맞춰 놓으라고 말이다!"

"알겠습니다."

"그만 나가 보거라."

"예. 하면."

머리를 조아리고 막사를 나서는 풍패.

그 모습을 지켜보던 서문회가 풍천을 돌아보며 물었다.

"전부터 궁금했는데…… 해동이 그렇게 대단한 곳이외까?"

"인정하긴 싫지만…… 놈들은 해전에서만큼은 천하최강이오. 또한 대규모로 펼치는 백병전에서도 중원무림과 비교해 전혀 손색이 없는 전투력을 지녔소."

"그래 봤자 소국인데……."

"해동을 몰라서 하는 말이오. 놈들은 아주 오래전부터 단순히 숫자만으로 전력을 가늠할 수 없는 불가사의한 힘을 지녔소. 특히 이정무, 그놈은 이연후에 필적할 만큼 대단한 능력자라고 볼 수 있소."

서문회는 내심 놀랐다. 풍천이 이렇게까지 말을 한다면

정말 그렇다는 것이다.

'이정무라……'

탁!

풍천이 술잔을 거푸 비우고는 말을 이었다.

"다행히 놈들이 이번만큼은 참전할 의사가 없는 모양이오. 참전을 할 거였으면 진즉에 해동을 떠났을 테니까."

쪼르륵!

"놈들이 해동에 머물고 있다 하니 내 속이 다 후련하오. 자! 다시 술잔을 비워 봅시다. 하하하!"

풍천은 언제 그랬냐는 듯 다시 껄껄 웃었다.

서문회도 웃었다.

'이자가 이토록 두려워하는 해동이 참전을 하지 않는다니……. 왠지 하늘의 기운이 나를 향하는 것 같구나.'

* * *

패전의 책임을 지고 하마터면 목이 날아갈 뻔했던 추광. 그는 감옥이나 다름없는 막사에 갇혀 울분의 나날을 보내고 있었다.

생각하면 할수록 울화가 치밀었다. 조금만 냉철했더라면, 조금만 운이 따라 줬더라면 능히 철혈가를 무너뜨릴 수도 있었던 상황이었다.

'빌어먹을······.'

퍼석!

수중의 찻잔이 산산조각이 나버렸다.

이런 식으로 부숴 버린 찻잔이 이미 수십 개가 넘었다.

바르르······.

'내게 다시 기회를 주실까? 이렇게 끝낼 수는 없는데······.'

울화만큼이나 추광을 괴롭히는 것은 불안감이었다. 다시 기회가 주어지지 않는다면 자신의 꿈도 삶도 이대로 끝나 버릴 터였다.

"밖에 누구 없느냐!"

"왜 그러십니까?"

"뭐? 왜 그러십니까? 냉큼 들어와서 낯짝을 비추지 못할까!"

"대궁주의 명이 없이는 누구도 만나실 수 없습니다. 하니 필요한 게 있으면 그 안에서 말씀하십시오."

바르르······.

추광의 얼굴이 벌겋게 달아올랐다.

하지만 어쩌랴. 나백의 명인 것을.

꽈악.

"술 좀 가져오너라."

"음식 이외에는 그 어떤 것도 들이지 말라는 대궁주의

엄명이 계셨습니다."

'빌어먹을······.'

쾅!

추광의 성난 주먹질에 탁자가 맥없이 쓰러졌다.

'한 번 실패했다고 하여 부궁주였던 내게 이렇게까지 수모를 주다니······.'

추광은 두통이 올라오자 두 손으로 관자놀이를 누르며 머리를 숙였다.

그때였다. 막사의 문이 열리며 누군가 안으로 들어섰다.

"접니다, 부궁주."

추광이 고개를 들었다.

들어선 이는 사신의 신분으로 풍천을 만났던 중군책사 도종이었다.

추광이 두 눈을 치떴다.

도종은 북해에서부터 그가 각별히 아꼈던 인재로, 무명에 가까웠던 그를 중군책사의 자리에 올려 준 것도 바로 추광이었다.

"네가 여긴 어쩐 일이냐?"

"대궁주의 명을 받들고 풍천을 만나고 돌아왔는데, 부궁주께서 이곳에 갇혀 계신다고 하여 서둘러 오는 길입니다."

작전은 성공하고 〈67〉

"풍천을 만나? 네가?"

"예. 그게……."

도종이 자초지종을 늘어놓았다. 말이 끝나자 추광이 다그치듯 물었다.

"동영이 북부무림을 공격하기로 결정했단 말이냐?"

"예. 아마 지금쯤이면 북부무림의 서남부 접경지대까지는 올라왔을 겁니다."

파르르…….

추광이 눈빛을 떨었다.

동영의 합류는 그에게 크나큰 악재나 다름없었다. 동영이 합류한다면 자신의 가치가 떨어질 것은 자명할 터. 자칫 잘못되면 다시는 기회가 주어지지 않을 수도 있었다.

'내 삶이 결국 여기까지란 말인가.'

추광은 터져 나오려는 탄식을 애써 억누르며 두 눈을 질끈 감았다.

도종이 그런 추광을 안타까운 눈으로 응시하며 입을 열었다.

"너무 낙담하지 마십시오. 제가 어떻게든 사면을 받으실 수 있게끔 방법을 찾아보겠습니다. 하니 그때까지는 화를 억누르시고 수모를 견뎌 내셔야 합니다. 혹여 호위들 중에 정적의 측근이 있다면, 사소한 것 하나라도 필시 부궁주께 불리할 수 있는 보고를 올릴 것입니다."

꽈악.

"알았다. 내 너만 믿고 자중하고 있으마."

도종이 품속에서 뭔가를 꺼내어 내밀었다. 평소 추광이 즐겨 마시던 북해의 명주였다.

"안줏거리는 미처 가져오지 못했습니다. 부족하지만 이것으로라도 상심을 달래도록 하십시오."

"그래. 고맙구나."

"하면 추후 또 찾아뵙도록 하겠습니다."

추광의 막사를 나선 도종은 주변의 무사들에게 은자를 쥐어 주고는 중군으로 향했다.

중군으로 향하면서 도종은 미간을 찡그렸다.

'대체 어쩌다가 군영을 이곳까지 내렸단 말인가. 여긴 자칫 잘못하면 되레 포위를 당하기 쉬운 곳이거늘…….'

도종은 종종걸음으로 나백의 막사를 향했다. 이미 전서를 통해 풍천의 결정은 전달했으나, 직접 찾아가서 머리를 조아려야만 했다.

'노발대발하시겠구나. 만에 하나 실패의 책임을 물어 좌천시키면 곤란한데…….'

잠시 후 도종은 불안한 마음으로 나백의 앞에 섰다.

나백이 대뜸 물었다.

"어째서 부궁주를 먼저 찾아간 것이냐?"

"……!"

목소리에 담긴 서늘한 기운에 도종은 순간 심장이 철렁 내려앉는 기분이었다.

"어째서 부궁주를 먼저 찾아간 것이냐고 물었다."

'침착하자.'

도종은 애써 평정심을 유지하며 차분한 어조로 대답했다.

"마땅히 대궁주부터 찾아뵈었어야 하나, 부궁주께서 고초를 겪고 계시다는 말을 듣고 오는 길에 잠시 들러 안부를 여쭸을 뿐입니다."

"그래?"

나백의 눈빛이 점점 더 싸늘히 변해 갔다.

도종은 잘못되어도 한참은 잘못되었다는 것을 직감하며 추광을 먼저 찾아간 것을 후회했다.

"재기가 넘쳐 크게 써 볼까 싶어 중책을 맡겼건만, 이제 보니 사사로운 감정조차 다스리지 못하는 그저 그런 놈이었구나."

"곡해이십니다."

"갈!"

나백의 호통에 막사 전체가 휘청거렸다.

"네가 부궁주와 연이 깊다는 것을 알고 있다. 본 좌도 사람인데 어찌 그것까지 탓할 수 있겠느냐. 하나 만사에 순서가 있는 법. 이 전쟁을 좌지우지할 수도 있는 중책을 맡고 다녀왔으면 마땅히 본 좌를 먼저 찾았어야 했다."
 쾅!
 "여봐라! 저놈을 당장 추광과 함께 가두고 본 좌의 허락이 있을 때까지 그 누구도 만나지 못하게 하거라!"
 "예!"
 호위 두 명이 다가와 도종의 양팔을 잡았다.
 도종은 항변을 하려다가 입을 다물었다. 이럴 땐 그저 가만히 있는 것이 상책이라는 것을 평소 나백을 지켜보며 터득했기 때문이었다.
 잠시 후 도종은 호위들의 손에 이끌려 추광의 막사로 향했다.
 도종은 터져 나오려는 한숨을 애써 억누르며 자책했다.
 '대궁주는 부궁주를 다시 중용할 생각이 없다. 하아…… 내가 돌이킬 수 없는 오판을 하고 말았구나.'
 사실 도종은 개인적인 연 때문에 추광을 먼저 찾은 것이 아니었다. 곧 있으면 추광이 다시 전면에 나설 것이라 여겨 눈도장이라도 받아 둘까 하는 마음에서 몰래 술까지 들고 찾아갔을 뿐이었다.
 '북부무림과의 전면전이 시작되기 전에 위기를 모면할 방법을 찾아야 한다. 찾지 못하면 전투에 앞서 나와 부궁주는 제물이 되고 말 것이다.'

　　　　　　　＊　＊　＊

　철혈가 북쪽 산악 지대.
　북부에서 철혈가로 향하는 길목에 북해빙궁의 병력이 매복하고 있었다.
　철혈가로 향하는 병력을 차단하기 위해 며칠 전부터 그곳에 진을 치고 있었던 병력으로, 연후의 기습 작전으로 본대가 남쪽으로 군영을 옮겼음에도 그들만큼은 이곳을 떠나지 않았다.
　쏴아아!
　"망할 놈에 비가 도무지 그칠 생각을 않는군."
　한 청포인이 사납게 퍼붓는 빗줄기를 응시하며 투덜거렸다. 매복을 하고 있는 병력의 수장이었다.
　"본대가 남쪽으로 군영을 내리면서 거리가 너무 벌어진 것 같은데, 괜찮겠습니까?"
　"하면 내려가자는 말이냐?"
　"그게 아니라……."
　"걱정할 거 없다. 여기서 북쪽으로는 철혈가로 지원 병력을 보낼 세력이 거의 없다. 또한 아군의 본대가 남쪽에 있으니, 철혈가가 굳이 이곳으로 병력을 보낼 이유도 없다. 하니 쓸데없는 걱정은 집어치우고 자리나 지켜라."
　"……예."

"누구 술 가진 것 좀 있으면 가져오너라."

"여기 있습니다."

벌컥벌컥!

청포인은 수하가 건넨 술을 단숨에 들이켜고는 육포를 질겅질겅 씹었다.

"무료하군."

쏴아아!

무료함을 느끼는 건 청포인만이 아니었다. 벌써 며칠째 이곳에서 꼼짝을 하지 않고 있었던 까닭에 모두가 서서히 긴장의 끈을 놓아 가고 있었다.

벌컥벌컥!

청포인이 남은 술을 마저 비우고는 용변을 보기 위해 일어서려고 할 때였다.

두두두!

한 기의 인마가 빗속을 뚫고 맹렬히 달려왔다. 북쪽으로 정찰을 나갔던 무사였다.

청포인이 미간을 좁히며 중얼거렸다.

"저놈이 왜 저렇게 미친 듯이 달려오는 거지? 설마 북쪽에서 적이라도 나타난 건가?"

잠시 후 무사가 다가왔다.

"전주! 북쪽으로 한 시진 거리에서 정체불명의 병력이 빠르게 내려오고 있습니다!"

"병력의 수는?"

"전주께 황급히 보고를 드려야 한다는 마음에 발견하기가 무섭게 곧장 내려와서 병력의 규모까지는 파악하지 못했습니다! 다만 제가 본 것만으로도 수천은 넘어 보였습니다!"

"수천이라……."

청포인은 뜻밖에도 담담한 반응을 보였다. 오히려 입가에 흐릿한 미소를 머금으며 중얼거렸다.

"요녕성 쪽에서 내려온다면 모용세가 정도가 전부일 터. 그렇다면 우리를 배신한 죗값을 치르게 해 줘야겠군. 후후후."

청포인은 바로 뒤쪽에서 소변을 보고는 측근들을 향해 명령을 내렸다.

"전투태세를 갖춰라."

"예!"

"전투태세를 갖춰라! 서둘러라!"

명령이 떨어지자 숲 곳곳에서 병력이 모습을 드러내기 시작했다. 저마다 강철로 만든 방패에 대도로 무장을 한 병력의 수는 대략 일만에 달했다.

"한 놈도 철혈가로 내려가지 못하게 해야 할 것이다. 알겠느냐!"

"예!"

싸우기 위해서 태어났다는 말을 듣는 북해빙궁의 무사들. 그들은 오히려 전투가 임박했음에 이를 드러내며 웃고 있었다.

* * *

"저 자식, 저곳으로 들어가네?"

북해빙궁의 정찰병을 지켜보는 자들이 있었다. 해동의 김철과 박찬이었다.

"저 숲에 어딘가에 매복을 하고 있는 모양이지 뭐."

"북해빙궁이 맞겠지?"

"당연하지. 북천이 이곳에 매복을 할 이유가 없잖아. 일단 내가 여길 지켜보고 있을 테니 너는 얼른 대장군께 가서 보고 올려라."

"알았어."

김철은 북쪽으로 달려가는 박찬의 뒷모습을 잠시 지켜보다가 다시 숲으로 시선을 돌렸다.

'북해빙궁이 왜 철혈가의 북쪽에 매복을 하고 있는 걸까? 혹시 전투가 시작되면 후방에서 기습을 하려는 걸까?'

궁금한 건 참지 못하는 김철은 이내 숲속으로 들어가 최대한 가까운 곳까지 접근을 시도했다.

다행히 다가가는 동안에 경계 병력은 없었고, 얼마 지나지 않아 김철은 숲에 모여 있는 북해빙궁의 병력을 발견할 수 있었다.

 '뭐야. 쪽수가 제법 되잖아?'

 김철은 이내 미간을 좁혔다.

 '우리를 치기 위해서 단단히 준비하고 있군.'

 씨익.

 '그런데 이거 어쩌나? 너희 정찰병이 좀 멍청해서 우리가 먼저 너희들 위치를 알아 버렸네? 후후후.'

 김철은 싸늘히 웃으며 뒤쪽으로 물러섰다. 그러고는 이정무가 이끄는 본대가 오기를 기다렸다.

 그렇게 얼마나 흘렀을까?

 북쪽을 살피던 김철이 두 눈을 동그랗게 치떴다. 숲 뒤쪽에서 본대보다 먼저 내려오는 사람들이 있었다.

 '왜 백룡문과 서래파만 먼저 보내셨지?'

 숲을 타고 은밀히 내려오는 사람들은 바로 해동 최강의 문파를 다투는 백룡문과 서래파의 무사들이었다.

 선두에 백룡문주 김관회와 서래파의 대장 최광이 있었다.

 김철은 그들을 향해 이동했다.

 숲이 흔들리자 김관회가 손을 들어 모두를 멈춰 세웠다.

"접니다."

김철임을 확인한 김관회가 물었다.

"북해빙궁이 매복을 하고 있다 들었소."

"저기 있습니다. 한데 우리 군은 어디 가고 두 문파만 먼저 온 겁니까?"

"놈들이 본대를 공격할 때 뒤를 치라는 대장군의 명령이 있었소."

"아……."

"위치는 정확하게 파악했소?"

"예. 놈들의 배후를 칠 거면 여기서 대기하는 게 좋겠습니다. 놈들도 우리가 내려오는 것을 알고 있으니 북쪽에서 곧장 이곳으로 이어지는 길목만 지켜보고 있을 겁니다."

"알겠소."

김관회와 최광이 무사들을 향해 대기하라는 손짓을 보냈다.

김철은 두 문파의 무사들을 보며 코끝을 실룩였다.

'손발이 잘 맞을까?'

두 문파는 물과 기름 같은 사이였다. 만에 하나 전투 시에 협조가 제대로 이뤄지지 않는다면 낭패를 볼 수도 있었다.

이럴 땐 또 참지 못하는 김철이었다.

"믿어도 되겠습니까?"

"무엇을 말이오?"

"아, 그게…… 집단전에서는 협조가 매우 중요한 문제라서 말입니다."

피식.

"걱정 마시오. 아무리 사이가 좋지 않아도 공과 사 정도는 구분할 줄 아는 사람들이오."

"그럼 믿겠습니다."

김철은 조금 떨어진 곳으로 걸어가 앉았다.

김관회와 최광도 각각의 자리로 돌아갔다.

그렇게 반 시진쯤 더 흘렀을 때였다.

두두두!

이정무가 이끄는 본대가 모습을 드러냈다.

* * *

두두두!

"철기병?"

공격을 준비하던 청포인이 미간을 좁혔다.

벌판을 가르며 달려오는 전마 모두가 철갑을 두르고 있었다.

"요녕성에 철기병이 있었나?"

"혹시 요녕성이 아니라 다른 곳에서 온 놈들이 아닐까요? 모용세가가 철기병을 운용한다는 말은 들어 본 적이 없습니다."

"어디서 왔건 상관없다. 아군이 아니면 누구든 죽여 없애는 것이 우리의 임무다."

스르릉.

청포인이 검을 뽑으며 명령을 내렸다.

"선두가 지나가기를 기다렸다가 측면을 친다! 모두 준비하라!"

"예!"

두두두!

* * *

이정무는 선두에서 달렸다.

하지만 그의 두 눈은 북해빙궁이 매복한 곳을 향해 날카롭게 번뜩였다.

'적의 규모를 확실하게 모르니 일단은 거리를 두고 지나가야 한다.'

이정무는 좌측으로 살짝 방향을 틀었다. 숲에서 최대한 멀어지기 위함이었다.

그가 방향을 틀자 뒤를 쫓던 병력들도 일제히 방향을

틀었다.

이정무는 적이 공격을 해 오기를 기다렸다.

그러기를 얼마나 지났을까?

와아아!

숲을 헤치며 뛰쳐나오는 자들이 있었다.

곁을 따르던 박찬이 소리쳤다.

"역시 북해빙궁이 맞습니다!"

이정무가 검을 뽑았다.

챙!

"말머리를 적을 향해 돌려라!"

"돌격하라!"

"돌격이다!"

파파파팟!

전마들이 일제히 방향을 틀기 시작하면서 진흙이 마구 튀어 올랐다. 달려가던 속도를 그대로 유지하면서 방향을 트는 것은 결코 쉽지 않은 기마술이었다.

하물며 거센 비 때문에 땅이 질어진 데다 전마가 육중한 철갑까지 걸쳤음을 감안하면 더욱더 대단하다 할 수 있었다.

박찬은 바람의 방향을 살폈다.

가능하면 독을 이용해 선제공격을 펼칠 생각이었다. 하지만 바람은 매정하게도 북풍이 아니었다.

챙!

 하는 수 없이 검을 뽑아 든 박찬은 백룡문과 서래파가 있을 것으로 추정되는 지역을 살폈다.

 마침 숲을 헤치며 나서는 백룡문도들이 보였다.

 '적은 아군이 자신들의 배후를 노리고 있음을 전혀 모르고 있다!'

 박찬은 이정무의 뒷모습을 응시하며 씩 웃었다.

 '세상은 우리 대장군이 해전에만 능통한 것으로 알고 있지만 사실 저분은 기병전의 귀재이시다!'

 땅!

 뭔가가 박찬의 머리를 가볍게 때렸다.

 "마! 해죽대지 말고 집중해라!"

 강회였다. 그는 창으로 박찬의 머리를 한 대 쥐어박으며 호랑이 눈을 치켜떴다.

 "……이씨."

 "이씨?"

 "알았다고요!"

 두두두!

* * *

 "엇!"

북해빙궁의 청포인이 두 눈을 치켜떴다.

갑작스러운 기습이었음에도 적은 침착하게 말머리를 돌려 자신들을 향해 맹렬히 달려들기 시작했다.

그 모습은 마치 자신들의 매복을 예상하고 있었던 것처럼 보였다.

'설마……'

싸아아…….

불안감과 함께 한 줄기 전율이 등골을 타고 올라와 머리카락까지 빳빳하게 만들어 놓았다.

그때였다.

"크악!"

"으아악!"

까가강!

콰지직!

"적이다!"

난데없이 후미에서부터 터져 나온 비명성에 청포인의 고개가 세차게 돌아갔다.

"전주! 후미가 공격받고 있습니다!"

"적이 처음부터 아군의 존재를 알고 있었던 것 같습니다!"

"……!"

"전주님! 적이 점점 늘어나고 있습니다!"

청포인의 고개가 다시 북쪽을 향해 돌아갔다. 눈앞에 보이는 병력이 전부인 줄 알았는데, 더 많은 병력이 벌판을 새카맣게 물들이며 내려오고 있었다.

 이쯤에서 청포인은 깨달았다.

 '우리를 끌어들이기 위해 의도적으로 적은 수의 병력을 전면에 앞세운 것이구나!'

* * *

 이정무은 뽑았던 검을 거두고 전마의 옆구리에 걸어 놓았던 언월도를 쥐었다.

 우우웅!

 공력을 끌어올리자 언월도의 크기가 두 배로 쭉 늘어났다.

 "쳐라!"

 우와아아!

 콰지직!

 "크아악!"

 "으아악!"

 이정무의 언월도가 허공을 갈랐다. 두 명의 적이 한꺼번에 목과 허리가 잘리는 참혹한 죽음을 맞았다.

 해동의 기병이 그를 지나쳐 적들을 향해 짓쳐들어왔

다. 철갑을 두른 전마들은 사람만큼이나 용맹했고, 기세에 눌린 적의 선두는 순식간에 붕괴되기 시작했다.

콰지직!

"크아악!"

"으악!"

강회와 박찬이 이정무의 좌우에서 함께했다.

그들의 실력을 절대적으로 믿고 있는 이정무는 좌우는 신경 쓰지 않고 오직 돌격을 방해하는 전방의 적만 노렸다.

선두가 붕괴되자 미처 숲을 빠져나오지 못한 적들이 허둥대기 시작했다. 앞으로 나아가려니 아군이 방해를 했고, 좌우로 뚫고 나가려니 우거진 숲이 장애물로 다가왔다.

그곳을 향해 화살비가 날아들었다.

쐐애애액!

퍼퍼퍽!

"으아악!"

"크아악!"

혼란 중에 날아든 화살비는 치명적인 결과로 이어졌다. 사람은 물론이고 전마까지 떼로 쓰러지면서 적의 중군은 헤어날 수 없는 혼돈의 장으로 바뀌어 갔다.

* * *

　무사 한 명이 연후의 앞에 섰다. 이정무가 보낸 전령이었다.
　"북쪽 지역에 매복하고 있던 북해빙궁을 공격하고 있습니다. 이에 대장군께서는 도주하는 적을 처리해 달라 하셨습니다."
　뜻밖의 소식에도 연후는 담담했다.
　"적의 규모는 확인했소?"
　"숲에 매복을 하고 있어서 정확한 수는 파악하지 못했습니다. 다만 결코 적은 수는 아닌 것 같았습니다."
　"알겠소. 곧장 병력을 보내도록 하겠소."
　"아닙니다. 대장군께서는 오직 도주하는 적만 처리해 달라 하셨습니다."
　"……."
　연후는 웃음이 나왔다.
　'지원도 필요 없다면 무조건 승리를 확신한다는 것인데, 역시 대장군답군.'
　이정무라면 능히 그럴 만도 했다.
　연후는 고개를 끄덕였다.
　"알겠소."
　"하면 이만."

"돌아가는 길이 위험할 수도 있으니 몇 명을 붙여 주겠소. 그것까지는 사양하지 마시오."

"감사합니다."

연후는 부상을 당한 철우를 대신하고 있는 악소를 돌아봤다.

"네가 철인족과 함께 다녀와야겠다."

"알겠습니다."

악소가 전령과 함께 밖으로 나가자 신휘가 나지막이 웃었다.

"후후후. 이정무라는 사람 말이야. 꽤 자신만만한 것 같군그래."

"그럴 능력이 있는 사람이니까."

"궁금하군. 어떤 사람인지."

신휘가 자리를 떨치고 일어섰다.

"딱히 할 일도 없으니 도주하는 적들은 내가 처리하지."

"굳이 그럴 필요까지야."

씨익!

"몸이 근질거려서. 그럼 나중에 보자고."

연후는 밖으로 나서는 신휘의 뒷모습을 응시하고는 창문을 열어젖혔다.

남쪽 하늘이 서서히 맑아지고 있었다. 빗줄기도 훨씬

가늘어졌고, 바람도 잦아들고 있었다.

 '서문회가 풍천을 꼬드겼겠지. 그자에게는 남부 지방보다는 나를 치는 것이 더 중요할 테니까.'

 생각이 거기에 미치자 연후의 입꼬리가 슬쩍 말려 올라갔다.

 '덕분에 시간을 벌었다, 서문회.'

* * *

 '와……'

 김철은 감탄을 금치 못했다.

 백룡문과 서래파, 그들은 마치 싸우기 위해서 태어난 사람들 같았다.

 소수의 인원으로 하나의 검진을 이루어 적진을 파고드는 그 모습은 무모하게 보이기도 했지만, 적들은 그들의 강맹한 공격을 버텨 내지 못하고 속수무책으로 쓰러져 나갔다.

 두 문파는 상반된 모습을 보여 주고 있었다.

 백룡문이 정교하면서도 빠르고 날카롭다면, 서래파는 우악스럽다는 표현이 부족할 정도로 난폭하며 파괴적이었다.

 "구경만 하고 있을 거요?"

최광의 거친 목소리에 김철은 씩 웃었다.

"좀 놀라서요."

김철도 다시 공격에 가담했다. 이정무가 해동의 미래라 평한 그의 검법은 역시 명불허전이었다.

"적이 퇴각합니다!"

"한 놈도 놓치지 마라!"

결국 적들이 저항을 포기하고 본대가 있는 곳으로 도주하기 시작했다.

하지만 본대도 이미 이정무에 의해 궤멸에 가까운 타격을 입은 터라 이내 사방으로 흩어지기 시작했다.

김철은 숨을 고르며 전방을 응시했다.

전마 위에서 언월도를 휘두르는 이정무의 모습이 보였다. 그의 언월도는 사람은 물론이고 상대의 대도마저도 사정없이 부숴 버리는 가공할 파괴력을 자랑하고 있었다.

김철의 입꼬리가 슬쩍 올라갔다.

'대장군께서 언월도를 쓰는 건 정말 오랜만이네. 그만큼 이 전쟁에 진심이시라는 거겠지? 후후후.'

쾅!

김철은 땅을 박차고 뛰어올라 도주하는 적들의 머리를 베며 이정무가 있는 곳으로 향했다.

김관회가 그의 옆을 따라붙어 크게 외쳤다.

"북해빙궁이 이 정도밖에 되지 않다니 실망이외다!"

김관회의 그 말에 김철은 이를 드러내며 씨익 웃었다.

"그거야 백룡문이 너무 강해서 약하게 느껴지는 게 아닐까요?"

잠시 후 두 사람은 이정무의 곁으로 다가갔다.

마침 적이 퇴각하면서 이정무의 주변이 휑하니 비어 버렸다.

이정무가 김관회를 향해 고개를 끄덕였다.

"수고하셨소. 덕분에 쉽게 승기를 잡을 수 있었소, 문주."

"아닙니다. 저흰 그저 대장군의 지시에 따랐을 뿐입니다."

휘리릭!

최광이 떨어져 내렸다. 그가 이정무를 향해 호랑이 같은 목소리로 물었다.

"어째서 도주하는 적을 쫓지 않으십니까?"

"놈들을 처리할 사람들은 따로 있소."

"혹시 철혈가입니까?"

"그렇소."

"크흠! 그들의 실력을 한시라도 빨리 보고 싶은데, 명을 내려 주신다면 저희 서래파가 뒤를 쫓겠습니다!"

이정무가 흐릿하게 웃었다.

"무리하지 맙시다. 아직 전쟁은 시작도 하지 않았으니

천천히 가십시다."

* * *

청포인은 뒤도 돌아보지 않고 달리고 또 달렸다.
그런 그의 몸 곳곳에서 피가 뚝뚝 떨어졌다. 전투에서 자잘한 부상을 입은 것이다.
'틀림없는 해동 놈들이었다.'
청포인은 언월도를 휘두르며 저승사자처럼 칼춤을 추던 이정무를 떠올리며 입술을 깨물었다.
'정녕 무서운 자였다.'
처음 이정무를 발견했을 땐 그가 수장임을 직감하고 죽이려고 했었다. 그런데 그의 실력이 자신보다 고수라는 것을 간파하고는 감히 다가설 엄두조차 내지 못한 채 뒤로 물러서야 했었다.
찰나의 순간에 혼잡한 공간을 격하고 시선이 마주쳤을 때에는 온몸에서 힘이 쫙 빠져나가는 것 같았다.
만약 측근들이 재빨리 부축하지 않았더라면 그 자리에 엉덩방아를 찧었을 것이다.
청포인은 뒤를 돌아봤다. 그러고는 얼굴을 일그러뜨렸다.
'겨우 이 정도라니……'

뒤를 쫓아오는 병력의 수가 채 이천이 되지 않았다. 지극히 짧았던 전투 시간을 감안하면 전투가 아니라 일방적으로 학살을 당했다고 하는 것이 옳으리라.

'빌어먹을, 빌어먹을……'

청포인은 치미는 울화에 고개를 들어 괴성을 질렀다.

"크아아아!"

두두두!

그를 태운 전마는 쉬지 않고 남쪽을 향해 달렸다. 살아남은 측근들과 호위들이 그의 좌우를 경계하며 함께했다.

그러기를 얼마나 흘렀을까?

"전주님! 전방에 적입니다!"

한 측근이 다급히 외쳤다.

청포인이 측근이 가리킨 곳으로 시선을 돌렸다. 그러고는 두 눈을 찢어져라 부릅떴다.

"혈…… 왕군!"

길목을 막아서는 인마들의 머리 위에 펄럭이는 깃발은 틀림없는 혈왕기였다.

그때 한 사내가 혈왕군의 앞으로 천천히 모습을 드러냈다. 신휘였다.

그를 본 청포인의 눈가가 찢어지며 피가 흘렀다.

"……혈왕!"

3장
이정무, 철혈가에 들다

이정무, 철혈가에 들다

신휘는 황급히 전마의 고삐를 당기는 적들을 응시하며 차갑게 웃었다.

"많이 놀란 모양이군."

"항복을 해 온다면 받아 주실 겁니까?"

"글쎄다."

신휘는 잠시 고민했다. 그러고는 이내 답을 내놓았다.

"포로를 거두는 것을 좋아하진 않지만 이번만큼은 받아 주도록 하지."

"알겠습니다. 하면 일단 퇴로부터 차단하겠습니다."

두두두!

혈왕군이 신속하게 좌우로 간격을 벌리기 시작했다.

신휘는 적의 수장으로 추정되는 청포인을 응시하며 천

천히 앞으로 나아갔다.

그는 검을 뽑지 않았다. 그러나 오히려 그것이 적으로 하여금 더 한 공포를 불러일으켰다.

잠시 후 신휘는 이십 장 앞에서 전마의 고삐를 당겼다. 북해빙궁의 모두가 잔뜩 긴장한 채 그를 주시했다.

신휘는 청포인을 직시했다.

"싸울 건가?"

"……!"

"항복하면 모두의 안전을 보장하지. 일각을 주마. 그 안에 결정하도록."

신휘는 그렇게 단기필마로 적 앞에 오연히 서서 청포인이 답을 내놓기를 기다렸다.

휘이잉!

핏빛 피풍의가 거센 바람에 이리저리 펄럭였다. 적의 눈에는 그 모습이 마치 악마의 혓바닥처럼 보였다.

그렇게 시간은 점점 흘러갔다.

딸깍.

신휘는 검을 살짝 밀어 올렸다. 나지막한 쇳소리가 청포인의 귓속에서 천둥소리처럼 크게 울렸다.

이제부터는 충성심과 배신의 영역이었다. 그리고 두 개의 선택만이 남았다.

끝까지 싸우다가 장렬히 죽느냐, 아니면 항복하여 목숨

을 구하느냐.

'빌어먹을…….'

꽈악!

치아가 파고든 청포인의 입술에서 피가 뚝뚝 떨어졌다.

신휘가 무심히 경고했다.

"한 번 검을 뽑으면 그냥 거두는 사람이 아니야, 나는."

그때 청포인이 전마에서 내려 한쪽 무릎을 꿇으며 머리를 숙였다.

"항복하겠소!"

* * *

와아아!

철혈가가 환호성으로 들끓었다.

연후는 철혈가로 이어지는 길 위를 새카맣게 메우며 다가오는 해동의 병력을 바라봤다.

그 선두에 이정무가 있었다. 핏빛 갑주에 화려한 깃털로 장식된 투구를 깊게 눌러쓴 그의 모습은 하늘에서 뚝 떨어진 신장을 보는 듯했다.

또한 철기병이 한 걸음, 한 걸음 내디딜 때마다 울리는 쇳소리는 연후의 가슴마저 떨리게 만들었다.

중원의 어떤 병력이 저 정도의 압도적인 위압감을 자랑

할 수 있을까?

'나도 어쩔 수 없는 해동의 후예였군.'

연후는 떨리는 가슴을 진정시키며 앞으로 나아갔다. 장로원주 사마송만이 그와 함께했다.

연후와 이정무의 시선이 얽혀들었다.

이정무가 먼저 웃었다. 연후도 웃었다.

두 사람의 눈빛에는 수천 마디 말로도 표현할 수 없는 진한 감정이 담겨 있었다.

이정무가 먼저 입을 열었다.

"늦은 게 아니어서 다행이오."

"먼저 인사부터 드리시오. 본 북천의 어른이시오."

연후의 소개에 이정무는 사마송을 향해 포권을 취했다.

"해동의 이정무입니다."

"어서 오십시오, 대장군."

사마송은 깍듯이 예의를 갖췄다. 그도 그럴 것이 이정무는 단순한 무림인이 아닌 한 나라의 대장군이 아닌가.

연후와 이정무는 나란히 철혈가를 향해 걸었다.

이정무가 물었다.

"적은 어디에 있소?"

"며칠 전에 남쪽으로 쫓아냈소. 하지만 멀지 않은 곳이라 해동이 오는 것을 지켜보고 있을 것이오."

"동영은 어찌 되어가고 있소?"

"놈들도 북천을 향해 올라오는 중이오. 늦어도 며칠 후면 북해빙궁과 합류할 것으로 보고 있소."

"그래요? 흠…… 북천이 고생은 하겠지만 하나의 전쟁으로 압축되었으니 나쁠 것도 없겠군. 대지존 생각은 어떠하시오?"

"같은 생각이오."

와아아!

정문이 가까워질수록 환호성은 점점 더 커졌다.

이정무는 마치 성곽 같은 담장 위에서 열렬히 반겨 주는 무사들을 응시하며 미간을 좁혔다. 담장 너머로 소실되거나 지붕이 파괴된 전각들이 보였던 까닭이다.

'벌써 한바탕 치른 모양이군.'

그때 현진이 앞으로 나섰다.

"현진이 대장군을 뵙습니다."

"오랜만이오, 군사."

지난날 동영의 일차 침공 때 광동성에서 한 차례 본 적이 있는 두 사람이었다.

휘리릭!

"오셨습니까!"

육손이 꾸벅 머리를 조아리더니 이내 두 사람을 지나쳐 해동의 본대를 향해 달려갔다.

보나 마나 김철과 박찬에게 달려가는 것이리라.

피식.
연후와 이정무가 서로를 쳐다보며 피식 웃었다.

* * *

"육손 님!"
"박찬 님!"
김철은 서로를 향해 달려가는 육손과 박찬을 응시하며 오만상을 썼다.
"오글거리게 만드네."
강회가 물었다.
"자들은 저렇게 친했나?"
"예. 아주 찰떡궁합입니다."
"보기 좋네. 한데 니는 와 인상을 쓰고 지랄이고?"
"오글거리잖아요. 육손 님, 박찬 님? 으……."
"쪼매 그렇긴 하네."
철그럭! 철그럭!
철기병들은 천천히 철혈가를 향했다.
오와 열이 한 치의 오차조차 없는 모습은 평소 그들의 엄청난 훈련량을 짐작케 했다.
강회가 철혈가를 응시하며 혀를 내둘렀다.
"어마어마하네. 이건 뭐, 어지간한 나라의 왕궁만 하겠는데? 역시 중원 놈들은 큰 걸 좋아한단 말이야. 그래도 쪼매 부럽긴 하다."

"명색이 중원의 심장과도 같은 곳인데 저 정도는 되어야지 않겠습니까?"

"지금은 이래도 언젠가는 우리 해동의 적이 되겠지?"

"아마도요."

"사람들 본다. 초장부터 기를 죽이려면 자세부터 바로 잡아야 안 되겠나. 단디 하자."

"예."

둘은 이내 허리를 곧추세우고 두 눈에 잔뜩 힘을 줬다.

와아아!

"환영합니다, 해동!"

"어서 오세요!"

예상보다 더 열렬한 환호에 잔뜩 힘을 주었던 강회와 김철이 머쓱한 표정을 지었다.

"그래도 방심하면 안 된데이?"

"예. 그럼요."

둘은 곧추세운 허리를 결코 풀지 않았다.

* * *

해동군의 뒤쪽으로 혈왕군이 모습을 드러내었다.

신휘는 환호성으로 들끓는 철혈가를 응시하며 흐릿하게 웃었다.

"난리가 따로 없군."

"동영의 일차 침공 때 해동이 보여 준 강력함 때문에 더 반기는 것 같습니다."

"아무튼 해동 덕분에 사기가 한껏 올라갈 것 같군."

"예, 그렇습니다."

신휘는 뒤쪽을 돌아봤다. 이천에 달하는 북해빙궁의 포로들이 삼엄한 경계 속에 뒤를 따라오고 있었다.

신우가 물었다.

"왜 항복을 받아 주신 겁니까?"

"그냥."

"예?"

"이제부터 저놈들을 요긴하게 써먹을 방법을 찾아봐야지."

"찾아볼 것도 없이 그냥 모조리 목을 베어 나백에게 보내는 건 어떻겠습니까?"

신우의 그 말에 신휘가 피식 웃었다.

"점점 나를 닮아가는구나."

"당연히 그래야지 않겠습니까?"

"무슨 소리야. 나보다는 더 훌륭한 사람이 되어야지."

"싫습니다. 저는 형님처럼 되고 싶습니다."

"녀석 참."

와아아!

조금씩 잦아들던 함성이 혈왕군이 시야에 들어오자 다시 커졌다. 적 수천을 포로로 잡았음이 이미 전해진 까닭이었다.

신휘는 손을 들어 가볍게 흔들어 보였다.

그러자 함성이 두 배는 더 커졌다.

와아아!

* * *

북해빙군 본영.

바르르…….

나백의 얼굴이 붉게 타들어 갔다. 분노와 경악을 담은 두 눈동자는 멈출 줄 모르고 세차게 흔들렸다. 북쪽을 지켰던 병력의 궤멸이 전해진 까닭이었다.

분노만큼이나 경악한 것은 해동의 출현이었다.

"틀림없는 해동이었느냐!"

"예. 생존자들이 두 눈으로 똑똑히 확인했다고 하였습니다."

간신히 목숨을 구해 본영으로 돌아온 병력의 수는 이백이 채 되지 못했다.

파스스……

나백이 붙잡고 있는 의자의 손잡이에서 연기가 피어올랐다.

'해동 놈들이 왜…….'

지난날 중원과 해동이 손을 잡고 동영을 상대했음은 익히 들어 알고 있었다.

그에 이번에도 중원을 도우려 할지도 모른다고는 예상했었으나, 설사 그렇다 하더라도 해상을 통해 남부 지방에 상륙할 것이라 여겼었다.

그렇기에 해동의 경계는 동영에게 일임했던 터라 지금의 상황은 엄청난 충격으로 다가올 수밖에 없었다.

"동영은 어디까지 올라왔다고 하더냐!"

"아직 전령이 오지를 않아서……."

"하면 우리가 전령을 보내 확인을 해야 할 것 아니냐!"

"알겠습니다! 바로 전령을 보내 확인을 하도록 하겠습니다!"

나백은 탁자 위에 있던 술병을 들어 들이켰다.

벌컥벌컥!

탁!

'지금쯤이면 중원도 동영의 본대가 이곳을 향해 올라오고 있음을 확인했을 터. 하면 백야벌에서도 반드시 이곳으로 병력을 더 보낼 것이다.'

벌컥벌컥!

'적의 규모가 더 커지기 전에 동영이 먼저 도착해야 할 텐데…….'

　　　　　* 　* 　*

추광의 막사.

나백이 금주령을 풀어 주면서 둘은 대낮부터 술자리를 가졌다.

쪼르륵.

도종이 추광의 술잔에 술을 채우며 조심스럽게 입을 열었다.

"해동이 철혈가를 돕기 위해 왔다고 합니다."

"해동이 왔단 말이냐?"

"예. 술을 가져다준 무사에게서 분명 그렇게 들었습니다. 철혈가로 향하는 도중에 북쪽에 매복을 하고 있던 아군과 전투를 벌였는데, 아군이 제대로 싸워 보지도 못하고 궤멸을 당했다고 합니다."

추광이 두 눈을 치떴다.

"북쪽에는 거의 일만에 달하는 병력이 있었는데, 궤멸을 당했단 말이냐?"

"예. 그것만이 아니라 부대를 이끌던 전주를 포함, 이천여 명이 퇴로를 차단하고 나선 혈왕군에게 항복했다고 들었습니다."

"……!"

추광의 두 눈에 노기가 어렸다.

"끝까지 싸우다가 죽어도 시원찮을 판에 항복을 하다니……."

"더 큰 문제는 동영이 여전히 도착하지 않았다는 점입니다. 지금쯤이면 백야벌도 동영의 본대가 북쪽으로 올라오고 있음을 확인하였을 터. 하면 이미 철혈가로 병력을 보냈을 가능성이 매우 높습니다."

"그럴 테지. 적의 규모가 더 늘어나기 전에 동영이 먼저 도착하지 못한다면 문제가 심각해질 수도 있겠군. 이 정도의 큰 전쟁에선 초전에 승기를 잡는 것만큼 중요한 건 없는데……."

"그렇습니다."

휙!

벌컥벌컥!

추광이 술병을 낚아채듯 잡고서는 그대로 들이켰다.

탁!

"이러다가 대사를 그르치는 것은 아닌지 걱정이구나. 이번마저 실패한다면 우리 북해의 존망마저 걱정해야 할 수도 있거늘……. 한데 나는 이곳에서 꼼짝을 못하는 신세가 되었으니…….”

쾅!

추광이 울분을 참지 못하고 두 손으로 탁자를 내리쳤다.

도종은 떨어지려던 술병을 잡으며 추광을 위로했다.

"기다려 보시지요. 이쯤 되면 대궁주께서도 크게 위기감을 느끼고 계실 터. 하면 반드시 부궁주를 찾으실 겁니다."

"네가 대궁주를 몰라서 하는 소리다. 그분은 지난날 군사를 잃은 이후로 사람을 잘 믿지 않으신다. 명색이 부궁주인 나를 한 번의 실패를 이유로 이곳에 가둬 놓은 것만 봐도…….”

추광이 말끝을 흐리며 숨을 골랐다.

철혈가에서의 패배는 그에게 악몽으로 남아 있었다. 해서 가급적이면 떠올리지 않으려 애를 쓰는 중이었다.

하지만 그게 결코 쉬운 일은 아니었다.

한편 도종은 울화를 삭이는 추광을 응시하며 눈빛을 가라앉혔다.

'며칠 내로 부궁주를 찾지 않으신다면 다른 방법을 찾아야 한다. 대궁주께서 만약 부궁주를 포기한다면 나 역시 죽음을 면치 못할 것이다.'

현재로서는 반반이었다. 다만 도종은 나백이 추광을 포기하지 않을 거라는 쪽에 조금 더 무게를 두고 있었다.

하지만 목숨이 걸린 일이기에 만약의 상황까지 대비를 해야 했고, 이곳에 갇힌 이후로 그 방법을 찾는 것에 심혈을 기울이는 중이었다.

"하나 여쭈어도 되겠습니까?"

"무엇이냐."

"곡해는 말고 들어 주십시오."

"알았으니 냉큼 말해 보거라."

도종이 눈빛을 무겁게 가져가며 물었다.

"만약 재기의 기회가 주어지지 않는다면 이대로 포기하실 겁니까?"

"뭐라?"

추광의 눈썹이 날카롭게 휘어졌다. 도종의 질문에 담긴 의미를 모를 그가 아니었다.

도종이 말을 이었다.

"곡해는 말아 주십시오. 저는 그저 부궁주의 뜻이 궁금할 뿐이며, 어떤 결정을 내리셔도 그에 따를 것입니다."

"경고하는데, 배신을 꿈꾼다면 지금이라도 않는 게 좋을 것이다. 만에 하나 그럴 기마가 손톱만큼이라도 보인다면 내 손으로 네놈의 목을 벨 것이다. 알겠느냐?"

"속하가 어찌 배신을 꿈꾸겠습니까. 저는 단지……."

"그만!"

탁!

"혼자 있고 싶으니 그만 가 보거라."
"예. 하면 쉬십시오."
 도종은 추광의 막사를 나와 자신의 막사로 향했다. 거리라고 해 봤자 오십 보 정도밖에 되지 않았지만 주변을 경계하는 병력이 이천은 더 되었다.
 '대궁주가 다시 찾을 것을 믿고 있는 것인가, 아니면 죽을지언정 배신은 하지 않겠다는 것인가.'
 도종의 머릿속이 복잡하게 얽혀들고 있었다.

* * *

"후욱."
 풍천은 북쪽 하늘을 바라보며 크게 숨을 들이켰다.
"참으로 광활하구나."
 동영은 결코 작은 나라가 아니었다. 하지만 중원에 비하면 비교할 바조차 되지 못한다는 것은 누구나가 알고 있는 사실이었다.
"중원 놈들은 자신들이 하늘의 자손이며, 세상의 중심이라 믿고 있다지?"
"예. 과거부터 황제를 천자라 칭해 온 것도 다 그러한 맥락에서 비롯된 것 같습니다. 태생부터가 오만한 놈들입니다."

풍패가 담담히 대답했다.

풍천의 입가에 비웃음이 걸렸다.

"이연후, 그놈도 자신을 하늘의 아들이라 여기고 있을까?"

"중원 놈들의 더러운 피가 어디 가겠습니까? 하물며 지금껏 승승장구해 왔으니 하늘의 아들이 아니라 스스로를 하늘이라 여기며 살아갈 놈입니다."

"스스로를 하늘이라…… 하하하!"

풍천이 대소를 터트렸다.

비웃음이었다. 하지만 그 속에는 연후라면 충분히 그럴 자격이 있지 않을까 하는 인정도 담겨 있었다.

어쨌든 자신은 그에게 압도적인 패배를 당했고, 하마터면 모든 것을 잃어버릴 뻔했었다.

한편 뒤에서 이동하며 풍천과 풍패의 대화를 듣고 있던 서문회의 표정이 묘했다.

'저자…… 이연후, 그놈에게 강한 열등감을 느끼고 있다. 내가 해야 할 것은 그것을 교묘하게 이용하여 내게 유리한 국면을 만드는 것이다.'

지금껏 풍천과 함께하면서 느껴 왔던 것이다. 그러했기에 그러한 열등감을 적절히 자극하여 연후를 향한 적개심을 키워 주고 있었다.

물론 풍천은 자신의 의도를 새카맣게 모를 것이라 확신

했다.

그때였다.

두두두!

전방에서 한 기의 인마가 질풍처럼 달려왔다.

인자들이 그 앞을 막아섰다.

"멈춰라!"

히히힝!

마상의 인물이 고삐를 당기고는 지상으로 가볍게 내려서며 풍천을 향해 포권을 취했다.

"태합 전하를 뵙습니다."

"빙궁에서 왔느냐?"

"예."

"그래? 하면 무슨 일로 너를 보냈는고?"

전령이 즉각 대답했다.

"해동이 철혈가에 합류했습니다. 이에 대궁주께서는 보다 빨리 진군할 것을 요청하셨습니다."

"뭐라!"

조금 전까지 대소를 터트렸던 풍천의 낯빛이 한순간 경직되었다.

풍패가 놀란 얼굴로 물었다.

"틀림없는 해동이었느냐!"

"예. 대장군 이정무라는 자가 병력을 이끌고 있는 것까지 확인하였습니다."

파르르…….

풍패가 눈빛을 떨며 풍천을 돌아봤다.

"장백을 넘어 요녕성을 타고 내려온 모양입니다."

풍천은 잔뜩 굳은 얼굴을 하고서 굳게 입술을 다물었다. 조금 전까지의 느긋함은 찾아볼 수가 없는 모습에 지켜보던 서문회는 내심 어이가 없었다.

'이연후에게 열등감을 갖고 있다면 해동의 이정무라는 놈에게는 두려움을 지니고 있군. 아무리 그래도 모두가 지켜보는 자리에서 저렇게 반응을 하다니…….'

무리의 주군이라면 절대 해선 안 될 행동이었다. 적어도 서문회는 그렇게 여겼다.

그때 풍천이 전령에게 물었다.

"빙궁의 상황은 어떠한가!"

"한 번의 공격으로 철혈가에 막대한 타격을 입혔으나, 뒤늦게 혈왕군이 합류하는 바람에 전하의 병력이 도착하기를 기다리고 있습니다."

꿈틀!

"그 많은 병력을 지니고도 우리가 오기만을 기다리며 넋 놓고 있었단 말인가! 하면 우리가 너희 대궁주의 요청대로 이곳이 아니라 남쪽으로 진격했더라면 그땐 어쩌려고 했단 말이냐!"

"……."

풍천의 노호성에 전령이 식은땀을 흘릴 때, 서문회가 나섰다.

"무릇 공격을 하는 쪽이 더 많은 전력을 요하는 일 아니겠소. 빙궁으로서는 피해를 줄이기 위해 어쩔 수 없이 기다리는 것을 선택했을 것이오."

그 말을 하면서 서문회는 내심 회심의 미소를 지었다.

'이번 전쟁을 위해 무리하게 징집을 한 빙궁은 다시 한 번 큰 피해를 입는다면 더 이상 회생이 불가능해질 터. 해서 피해를 최소화하기 위해 동영이 도착하기만을 기다린 것이겠지.'

서문회는 연후만큼이나 죽이고 싶은 나백의 얼굴을 떠올렸다.

'나백, 네놈은 너무 멀리까지 내려왔다. 그 길을 다시는 돌아가지 못하게 될 것이다. 내가 그렇게 만들 테니까.'

끼아악!

머리 위에서 독수리 한 마리가 나타났다.

서문회는 시선을 들어 하늘을 쳐다봤다.

'한동안 보이지 않더니…….'

서문회는 여전히 저 독수리가 거슬렸다.

그때 풍천의 노호성이 울렸다.

"진군 속도를 올려라!"

"진군 속도를 올리랍신다!"

두두두!

* * *

백야벌을 떠난 백야검단과 주작전.

각 부대의 수장인 왕통과 차소령은 저 멀리 보이기 시작하는 북천의 접경지대를 응시하며 나지막이 숨을 골랐다.

산맥이 장벽처럼 솟아오른 그곳은 과거 북천과 서북무림의 피의 역사가 서려 있는 곳이었다.

"저 산만 넘어가면 북천의 권역이 시작되니 서두릅시다, 차 전주."

"예, 단주님."

그때였다.

두두두!

전방에서 한 기의 인마가 질풍처럼 달려왔다. 백야검단의 척후병이었다.

"단주! 동영의 대군이 산맥 남쪽을 타고 북진하고 있습니다!"

"병력의 규모는?"

"최소 십만은 더 되어 보였습니다!"

왕퉁의 얼굴이 굳어졌다. 그가 차소령을 돌아보며 말했다.
"풍천이 이끄는 본대인 것 같소."
"예상보다 빨리 올라왔군요."
"일단은 적의 진격로를 우회하여 북천으로 들어가는 것이 좋겠소."
"그럼 시간이 며칠은 더 소요될 텐데……."
왕퉁이 무거운 어조로 말을 이었다.
"우리만으로 적의 본대를 감당할 순 없으니 그것 말고는 달리 방도가 없을 듯하오. 보다 속도를 내면 하루 정도는 앞당길 수 있을 것이오."
차소령은 지그시 입술을 깨물었다. 그러고는 이내 고개를 끄덕였다.
"알겠어요. 그렇게 하죠."
차소령이 주작전이 있는 곳으로 돌아가려다가 물었다.
"따로 북천에 알릴 필요는 없겠죠?"
"북천이라면 그 정도는 알고 있을 것이오. 그래도 혹시 모르니 전서를 통해 알리도록 하겠소."
잠시 후 전서구 한 마리가 북쪽을 향해 날아올랐다. 뒤이어 백야검단과 주작전이 서북 방향으로 방향을 틀었다.
두두두!

* * *

연후와 이정무가 망루 위에 나란히 올랐다.

비가 그치며 날이 맑아진 까닭에 시계는 평소보다 훨씬 더 길었다.

이정무가 남쪽을 응시하며 중얼거렸다.

"동영이 합류하면 저곳을 통해 진격을 해 오겠군."

"그렇소. 대군이 한꺼번에 진격을 해 올 만한 공간은 저곳뿐이니까."

"대책은 세웠소?"

"대장군이라면 어떻게 하겠소?"

"나라면 방어에 집중하면서 지구전으로 끌고 갈 거요. 시간은 저쪽이 아니라 우리의 편이니까."

"그게 대책이오."

피식.

이정무가 실소를 머금으며 한마디 더 했다.

"여전하오. 그 자신감은."

"전전긍긍해서 해결된다면 우는소리도 기꺼이 할 수 있소. 대장군의 말대로 시간은 우리 편이니 피해를 최소화하는 것이 최선이라 판단했소. 똑같이 하나를 잃어도 우리는 보강이 가능하지만 적은 그렇지 못하니까."

이정무는 묵묵히 고개를 끄덕였다.

그때 서백이 망루로 올라섰다.

"주군, 동영이 남쪽으로 하루 거리까지 올라왔다고 합니다."

"병력의 규모는?"

"최소 십만에서 십오만에 육박할 거라고 합니다."

"수고했다."

"예."

서백이 내려가자 이정무가 고개를 절레절레 흔들며 말했다.

"두 세력이 합치면 거의 삼십만에 육박한다는 건데…… 이거 괜히 온 것 같소이다."

"두렵소?"

"두렵지 않다면 거짓말이 아니겠소. 우리 해동은 인구가 적어 병력을 보충하자면 중원보다 훨씬 더 오랜 시간이 걸릴 수밖에 없으니까."

이정무의 솔직한 대답에 연후는 기분이 묘해졌다. 중원 무림을 지켜야 하는 것, 그것만큼이나 중요한 것이 해동의 피해를 최소화하는 것이었다.

말처럼 해동은 인구가 적어 여기서 피해가 크면 재기에 상당한 시간이 걸릴 수밖에 없었다.

'동영이 헛된 야욕을 부리지 못하게 박살을 내 버리는 것만이 최선이겠군.'

그때 이정무가 연후의 속내와 같은 말을 했다.

"박살을 내 버립시다. 동영이 헛된 야욕을 부리지 못하게끔 말이오. 그리고 중원은 대지존이 알아서 해 주시오."

동영은 말할 것도 없고, 중원까지 잠재적인 적으로 간주하는 해동의 입장이 그대로 묻어나는 말이었다. 연후에게는 정체성과 관련된 문제이기도 했다.

"걱정 마시오. 내가 있는 한 중원이 해동과 전쟁을 벌이는 일은 결코 없을 것이오."

"물론 대지존은 믿소. 하나 중원은 결코 믿지 못하겠다는 것이 내 입장이오. 역사는 언제나 반복되는 법이니까."

그 말을 하면서 이정무가 웃었다.

연후도 흐릿하게 웃었다.

"식사하세요!"

동방리의 목소리가 울렸다.

돌아보니 대전각의 창문에 그녀가 서 있었다.

"내려갑시다."

"식은 언제 올릴 거요?"

"생각해 보지 않았소."

"허어……."

"정해지면 알려 주겠소."

둘은 망루를 내려가 대전각으로 향했다.

가면서 이정무가 동쪽을 쳐다보며 물었다.

"피난을 온 백성들을 보호하는 건 당연하지만, 지나치게 경계 병력을 많이 세워 둔 것 같은데…… 혹시 다른 뜻이라도 있는 거요?"

"저들은 전쟁을 피해 터전을 떠나온 피난민이 아니라 본가가 숨겨 둔 비장의 전력이오."

"……."

"적이 그렇게 생각하면 되는 거 아니겠소?"

아리송한 말에 이정무가 미간을 슬며시 찡그렸다.

"알아듣기 쉽게 말해 보시오."

연후는 흐릿하게 웃었다.

"일단 들어갑시다."

* * *

"이 자식들…… 뭐가 이렇게 평온해."

철혈가를 내려다보며 인상을 찡그리는 자들이 있었다. 바로 북해빙궁의 정찰병들이었다.

"믿는 구석이 있는 게 아닐까요?"

"변한 것이라고는 해동이 합류한 것뿐이다. 그래 봤자 고작 수만에 불과한데……."

수장으로 보이는 자가 말끝을 흐리며 철혈가의 동쪽을 응시했다.

며칠 전부터 철혈가 주변을 탐색했지만 유일하게 동쪽은 그러지 못했다. 워낙에 경계망이 삼엄한 까닭에 접근조차 해 보지 못한 곳이었다.

"혹시 저곳에 우리 정보망에 없는 전력을 감추어 두기라도 한 건가?"

"그럴 가능성이 매우 높습니다. 그래서 다른 곳에 비해 저곳만 유독 경계망이 삼엄한 것이 아니겠습니까? 우리한테 들키지 않으려고 말입니다."

"그래. 어쩌면 그럴지도."

수장으로 보이는 자가 눈빛을 가라앉히며 중얼거렸다.

"무슨 수를 써서라도 저곳을 확인해 봐야 하는데……."

"우리만으로는 무리입니다. 우리 조보다 인원이 두 배나 많았던 이조가 접근조차 못해 보고 궤멸을 당하지 않았습니까?"

"그렇다고 그냥 지나칠 순 없다. 놈들이 아군을 지척에 두고도 이렇듯 평온할 수 있다는 것은 저곳에 필시 엄청난 전력이 있다는 것. 목숨을 걸고서라도 확인을 해 봐야 한다."

"……."

"일단 밤이 될 때까지 이곳에서 머무르며 방법을 찾아

보자."

그때였다.

끼아악!

독수리 한 마리가 낮은 곳까지 내려왔다가 상공으로 날아올랐다.

한 무사가 독수리를 응시하며 인상을 찡그렸다.

"아무래도 이상합니다. 저 독수리가 아까부터 저희 주변을 떠나지 않고 있습니다."

"주변에 사냥감이 있는데 우리 때문에 내려오지 못하는 거겠지. 쓸데없는 데 심력을 낭비하지 말고 다들 한숨 자도록 해."

"예."

모두가 숲 깊숙한 곳으로 들어갈 때 독수리가 다시 포효하며 내려왔다.

끼아악!

수장은 맞은편 거목에 내려앉으며 거대한 날개를 펄럭이는 독수리를 응시하며 품속에서 육포를 꺼내 씹었다.

독수리는 자리를 떠나지 않고 계속해서 자신들이 있는 곳을 응시했지만, 그는 전혀 아랑곳하지 않았다.

'독수리 따위가 뭐라고.'

빙궁의 정찰병들은 숲에서 휴식을 취하며 해가 떨어지기를 기다렸다.

독수리는 여전히 그들이 있는 곳을 지켜보았고, 그것이 거슬렸던 한 정찰병이 독수리를 향해 돌을 던졌다.

쐐애액!

공력이 담긴 돌은 파공성을 일으키며 독수리를 향해 날아갔다. 독수리가 아니라 멧돼지라도 맞으면 즉사를 면치 못할 터였다.

씨익.

"넌 뒈졌어."

돌을 던진 정찰병은 독수리가 피할 생각을 하지 않자 이를 드러내며 웃었다.

하지만 이내 얼굴이 일그러졌다. 독수리가 살짝 몸을 움직여 돌을 피해 버린 것이다.

"이런 쌍!"

정찰병은 돌을 찾아 허리를 숙였다.

그때 그의 시야에 윤기가 좌르르 흐르는 가죽신이 들어왔다.

"푹 쉬었냐?"

"……!"

황급히 머리를 쳐든 정찰병의 목에서 피가 튀었다.

퍽!

목을 뚫고 검 날이 튀어나왔다.

동시에 곳곳에서 비명이 터졌다.

"으악!"

"크억!"

순식간에 빙궁의 정찰병들을 죽인 이들은 서백과 김철이었다.

죽은 자의 무복에 검신에 묻은 피를 닦아 낸 김철이 독수리를 응시하며 혀를 내둘렀다.

"보고도 믿을 수가 없군."

서백이 씩 웃었다.

"녀석이 원래 불가사의한 재주를 부리곤 합니다."

육손을 말함이었다.

김철이 물었다.

"독공 말고 환술도 꽤 강한 것은 알고 있었는데, 금수를 부리는 능력까지 있었단 말이오?"

"예. 고대무림에 만수왕이라는 고수가 있었는데, 그분의 진전을 이었습니다."

만수왕(萬獸王).

별호만으로도 어떤 능력을 지녔는지 충분히 알 수가 있었다.

그때 다른 독수리가 서쪽에서 나타났다. 김철은 독수리가 내려앉는 곳을 응시하며 미간을 좁혔다.

"다른 적들을 발견한 거요?"

"아마 그런 것 같습니다. 어떤 놈들인지 몰라도 더럽

게 운이 없네요. 하필이면 형님들한테 발각되다니 말입니다."

꿈틀.

김철의 눈썹이 슬쩍 휘어졌다.

"운이 없기는 이놈들도 마찬가지요. 누구의 손에 죽든 죽는 건 마찬가지니까."

"아, 그렇죠."

"그만 갑시다."

김철이 먼저 산을 내려갔다. 서백은 그의 뒷모습을 응시하며 피식 웃었다.

'역시 자존심 하나는…….'

잠시 후 서백과 김철이 사라지자 숲 너머에서 한 사람이 머리를 내밀었다. 정찰병들을 이끌었던 수장이었다.

그는 무참히 죽어 버린 수하들을 응시하며 눈빛을 떨었다.

'검을 뽑아 보지도 못하고 당했다. 이들을 이렇게 죽일 정도의 고수들이 정찰에 투입되다니…….'

꽈악!

'뭔가를 감추려 함이 틀림없다!'

지금껏 정찰을 하지 못한 동쪽을 향한 의심이 더욱더 커지는 순간이었다.

'일단 대궁주께 이 사실부터 보고를 드려야 한다.'

팟!

수장은 이내 숲을 떠났다.

그가 떠나고 얼마 후, 산을 내려간 줄로만 알았던 서백과 김철이 다시 모습을 드러냈다.

김철이 미간을 슬며시 찡그렸다.

"경공술을 보니 저놈이 가장 강한 것 같은데…… 정작 죽여야 할 놈을 살려 보낸 꼴이 되었소."

"그러게 말입니다. 하나 주군께서 노리시던 대로 적에게 의심을 품게 만들었으니 작전은 성공적이군요."

서백의 그 말에 김철은 동쪽을 응시했다. 그도 알고 있었다. 동쪽에는 무공을 모르는 평범한 백성들이 있다는 것을.

'백성들을 보호하면서 적으로 하여금 숨겨 놓은 비장의 한 수가 있을지도 모른다는 의심을 품게 만든다? 이런 발상이 가능하다니…….'

그때 서백이 죽은 자들의 무기를 챙겼다.

김철이 물었다.

"그건 왜 챙기는 거요?"

"송영에게 갖다주려 합니다. 녀석이 제일 좋아하는 것이 철이라서요. 가져다주면 이걸 녹여서 새로운 무기를 만들 겁니다."

김철은 송영을 떠올렸다. 그가 무기 제작에 신기에 가

까운 솜씨를 지녔다는 말은 이미 들어서 알고 있었다.

'그 친구가 만든 방패가 북천군의 전력을 한층 강력하게 배가시켰다고 하던데……'

김철은 서백이 어깨에 메고 있는 장궁을 응시하며 눈빛을 가라앉혔다.

'새삼 느끼는 바이지만 북천에는 능력자들이 참 많구나.'

* * *

육손과 박찬이 머리를 맞댔다.

둘은 별도의 공간에서 큼지막한 두터운 고서를 펼쳐 놓고 연구에 몰두하는 중이었다.

물론 가장 중요한 것은 박찬이 가져온 물질을 이용해 새로운 독을 만드는 것이었다.

빨려 들어갈 것처럼 고서를 읽어 가던 육손이 허리를 펴며 한숨을 토했다.

"하아…… 이거 진짜 어렵네."

"저도 이것 때문에 골머리를 썩었습니다. 그래도 육손님은 충분히 해내실 수 있을 겁니다."

"저 혼자는 무리이니 도와주세요."

"그럼요."

"일단 밥 좀 먹고 다시 시작하죠."

"옙!"

둘이 식사를 하기 위해 밖으로 나서려던 때였다. 연후와 이정무가 전각으로 들어섰다.

"주군."

"대장군."

"잘되어 가고 있나?"

연후의 물음에 육손이 머리를 긁적이며 대답했다.

"그게…… 한 번도 다뤄 본 적이 없는 것이어서 시간이 꽤 걸릴 것 같습니다."

"전투가 임박했으니 서두르도록 해."

"최선을 다해 보겠습니다."

육손이 박찬의 팔을 슬며시 잡아끌었다.

[그냥 들어가죠.]

[……예?]

[아무래도 끼니도 여기서 해결하는 게 좋겠습니다.]

[…….]

그때였다. 이정무가 들고 있던 바구니를 내밀었다.

바구니 속에 닭 한 마리와 다른 요리가 담겨 있는 것을 본 박찬이 눈이 동그래졌다.

"먹어가면서 해라."

"감사합니다!"

연후도 뭔가를 내밀었다. 금박을 입혀 놓은 술병이었다.
"연구에 방해가 되지 않는 선에서 마시도록 해."
이번에는 육손이 활짝 웃었다.
"감사합니다!"

* * *

연후와 이정무는 석차가 있는 곳으로 향했다.
그곳에서 송영이 무사들과 함께 뭔가를 열심히 만들고 있었다.
이정무가 물었다.
"저 석차도 저 친구가 만든 신무기란 말이오?"
"그렇소. 상상을 불허할 정도의 위력을 지니고 있으니 기대해도 좋소."
"오셨습니까?"
송영이 두 사람을 향해 넙죽 머리를 숙였다.
연후가 송영의 앞에 놓여 있는 항아리를 응시하며 물었다.
"이건 뭐지?"
"벽력탄을 응용해서 한 번 만들어 봤습니다. 이 안에 화약하고 수천 개의 날카로운 쇳조각을 담아 놓았는데, 적의 밀집 대형을 부수는 데 효과가 있을 거라 확신합니다."

이정무가 놀랍다는 표정으로 말했다.

"폭발하면 수천 개의 쇳조각이 암기로 변하겠군."

"그렇습니다."

"위력은 어느 정도나 되는가?"

"기존의 벽력탄보다 네 배는 폭발 반경이 넓고, 그 위력은 절정고수 수준의 무인이 아니라면 버티지 못할 거라 자신합니다."

그 설명에 이정무는 헛웃음을 지었다. 벽력탄보다 네 배는 폭발 반경이 넓은 무기라니, 지금껏 들어 본 적도 없는 것이었다.

연후가 물었다.

"몇 개나 만들 수 있지?"

"지금까지 쉰 개 남짓 만들었는데, 최대한 빨리 많이 만들도록 하겠습니다."

"최소한 수백 개는 만들도록 해."

"……예?"

"자신 없나?"

"아, 아닙니다."

"수고해라."

척!

연후는 송영의 어깨를 한 번 다독여 주고는 돌아섰다. 이정무는 울상이 되어 가는 송영을 향해 한쪽 눈을 찡긋

해 보였다.

"수고하시게."

"……예."

　　　　　　　＊　＊　＊

"새삼 느끼는 바이지만 대지존의 곁에는 훌륭한 인재들이 참 많은 것 같소."

"그쪽도 만만치 않은 거 아니오?"

"물론 그렇지만 그래도 북천에 비할 수야 없지 않겠소. 그래서 솔직히 두렵소. 언젠가는 서로를 향해 창검을 겨누게 될 터인데……."

"내가 해동의 후예라는 것을 잊지 마시오."

"……!"

"내가 살아 있는 동안에 서로를 향해 창칼을 겨누는 일은 없을 것이오."

파르르…….

이정무의 눈빛이 가늘게 흔들렸다. 뒤이어 입가로 옅은 미소가 번져 갔다.

'이제 자신의 운명을 완전히 받아들인 건가? 다행이군. 정말 다행이야.'

* * *

연후와 이정무는 동쪽으로 향했다.

잠시 후 동문을 넘어 들어서자 수천 개의 막사가 이정무의 두 눈을 가득 채우며 들어왔다.

이정무는 뭔가를 물어보기 위해 연후를 돌아보다가 이채를 머금었다. 연후의 표정이 무사들을 대할 때와는 달리 한없이 부드럽게 바뀌어 가는 것을 본 것이다.

두 사람은 나란히 걸었다.

오가던 사람들이 연후를 향해 머리를 숙였다. 그럴 때마다 연후도 일일이 인사를 받아 주었다.

"백성들을 무척이나 사랑하는 것 같소?"

"당연한 게 아니겠소."

그때였다.

저만치 앞에서 사공문이 뛰어왔다.

"스승님!"

연후의 입가에 부드러운 미소가 번져 갔다.

이정무는 그 미소를 보며 내심 실소를 머금었다.

'완전히 다른 사람이라고 해도 믿겠군. 그나저나 이 아이의 비범함이 놀라울 정도구나. 눈빛부터가 아주 예사롭지가 않아.'

이정무는 문득 부럽다는 생각이 들었다.

물론 자신이나 연후나 제자를 들이기에는 지나치게 젊지만 그래도 있으면 좋지 않을까?

"인사드려라. 해동의 대장군이시다."

"사공문이 대장군을 뵙습니다."

"그래. 반갑다."

셋은 함께 걸었다.

연후는 꽤 오랫동안 그곳에 머물며 사람들의 불편함을 챙겼다.

이정무는 연후와 함께하면서 해동의 백성들을 떠올렸다.

'백성들을 위해서라도 이번 전쟁을 반드시 이겨야 한다. 어쩌면 다른 의미로 이 전쟁은 우리 해동의 전쟁이기도 하니까.'

* * *

시간이 더 지체될 것을 감수하면서까지 동영의 본대를 우회하여 철혈가로 향했던 백야검단과 주작전은 꼬박 하루를 쉬지 않고 이동한 끝에 휴식에 들어갔다.

빗줄기가 완전히 그친 까닭에 무사들은 따로 막사를 세우지 않고 숲을 거처 삼아 해가 떠오르기를 기다렸다.

모두가 지쳐 잠든 시간에 왕퉁과 차소령은 모닥불을 가

운데 두고 마주 앉아 이런저런 대화를 나눴다.

대화 중에 신휘와 소향의 혼사 얘기가 나왔다.

"상존께서 허락하셨다는 소문이 파다하던데…… 사실이오?"

"저도 소문으로만 들었어요. 다만 아가씨께서 대공을 연모하시는 것만은 틀림없는 사실인 것 같아요."

"아가씨는 누구보다 마음고생이 심하셨던 분이니 진심으로 행복하시길 빌겠소. 벌의 많은 이들이 나와 같은 마음일 거요."

"행복하셔야죠. 이 세상 누구보다도 더……."

말끝을 흐리는 차소령의 입가에 흐릿한 미소가 번져 갔다.

소향과 신휘의 혼사는 누구보다 그녀가 반겼다.

신휘라면 소향을 행복하게 해 줄 수 있을 거라 믿었다. 그래서 주작전을 이끌고 철혈가로 떠나온 것이다.

연후와 신휘를 도와 이 전쟁을 승리하기 위해서. 그것이 소향의 행복을 위한 길이라 여겼다.

"차 전주."

"……예?"

"무슨 생각을 그리하시오?"

"아…… 그냥 이것저것."

"새벽에 바로 움직여야 하니 한숨 자두도록 하시오."

"단주님도 쉬세요."

소향은 주작전이 있는 곳으로 향하려다가 근처의 바위 위로 가볍게 뛰어올랐다.

그곳에서 만월 아래로 펼쳐져 있는 광활한 세상을 바라보기를 반각쯤 지났을까?

사사삭.

전방의 수풀이 흔들렸다.

바람이거니 하고 넘겼던 차소령의 눈빛이 변한 것은 수풀 뒤에서 모습을 드러내는 그림자들을 보았을 때였다.

'적의 정찰병일까? 아니다. 적이 이곳으로 정찰병을 보낼 이유는 없다. 그렇다면……'

차소령은 소리 없이 검을 뽑았다.

그때였다. 그녀의 두 눈이 한없이 커졌다.

몇 명에 불과했던 그림자들 뒤쪽, 숲과 숲이 이어지는 그곳으로 엄청난 수의 그림자들이 밀려드는 것을 본 것이다.

"적이다!"

공력이 담긴 차소령의 외침이 밤의 정적을 사정없이 깨트렸다.

4장
폭풍전야(1)

폭풍전야(1)

"후우……."

풍천의 입술을 뚫고 입김이 흘러나왔다.

따뜻한 세상과는 달리 산맥의 정상은 여전히 냉기가 가득했다.

북쪽을 바라보는 풍천의 두 눈은 불만으로 가득했다.

"초반에 그렇게 압도적으로 밀어붙이고도 마무리를 짓지 못해 결국 우리에게 손을 내밀다니……."

불만의 원인은 나백이었다.

풍천은 무사들을 돌아봤다.

모두가 거친 숨을 가쁘게 내쉬고 있었다. 우회가 아닌 산맥을 바로 넘는 것을 선택한 까닭에 시간은 줄일 수 있었지만 체력 소모가 극심했던 것이다.

해서 풍천은 산맥을 내려가기 전에 휴식을 취할 것을 명했다.

휘이잉!

강풍에 채 녹지 않은 눈가루가 흩날리며 뜨겁게 달궈진 육신을 식혔다.

풍천은 수하가 건넨 술로 목을 축이고는 서문회를 돌아봤다.

"여기서부터는 서문 공이 길 안내를 해 줘야겠소."

"뭐요?"

"곡해는 마시오. 귀하도 아시다시피 우리가 중원 지리에 어둡지 않소. 하물며 여긴 더더욱 그러할 수밖에 없으니 부탁 좀 합시다."

"……알겠소."

풍천은 측근들을 돌아보며 물었다.

"병력은 넉넉하게 보냈느냐?"

"예. 병력 이만에 신무기로 무장을 한 부대도 딸려 보냈습니다."

"보나 마나 백야벌에서 보낸 놈들이겠지?"

"방향이 그쪽이니 틀림없을 겁니다."

풍천은 서쪽을 응시하며 눈빛을 가라앉혔다.

그는 백야벌에서 보낸 것으로 추정되는 병력이 뒤를 쫓아온다는 보고를 받고는 소탕할 것을 지시해 놓은 상태였다.

"우리를 피해 우회를 선택했다면 얼마 되지 않는 병력임이 틀림없을 터. 하면 신무기의 위력을 시험해 보기에 최적의 조건이라 할 수 있겠지. 후후후."

"그렇습니다. 북부무림과 본격적인 전투에 들어가기 전에 이런 기회가 생겨 참으로 다행입니다."

"실전만큼 좋은 경험은 없으니까."

풍천은 수중의 술병을 다시 입으로 가져갔다.

한편 서문회는 좌측을 응시하며 눈빛을 가라앉혔다.

'저놈들이 동영의 비밀 무기란 말이군.'

가파른 능선을 타고 길게 늘어서 있는 혈포인들이 서문회의 두 눈을 파고들었다.

저마다 어깨에 뭔가를 메고 있었는데, 그중에는 이동이 가능한 화포도 제법 있었다. 원래 사천 명 정도였는데 절반 정도는 작전에 나가고 없었다.

이들의 존재는 서문회도 최근에 들어 알게 된 것이었다.

'풍천은 저들을 절대적으로 신뢰하고 있다.'

서문회는 궁금했다. 신무기로 무장을 했다는 저들이 얼마나 강력한지.

휘이잉!

한기를 머금은 바람이 서문회의 전신을 쓸고 지나갔다.

서문회는 시선을 북쪽으로 돌렸다. 이제 저 광활한 산

악 지대와 벌판을 넘어가면 철혈가의 권역이 시작된다.

'백야벌은 남부 지방까지 신경을 써야 해서 제때 지원 병력을 보내지 못했을 터. 하니 이 전쟁은 우리가 압도하게 될 것이다.'

싸늘히 웃어 가던 서문회의 눈가가 슬며시 일그러지며 입가에 실소를 머금었다.

'우리라니…….'

* * *

두두두!

어둠을 가르며 달려가는 인마들. 그 선두에 차소령이 있었다.

부상을 입은 것일까?

투두득!

그녀의 몸에서 떨어진 피가 안장을 타고 땅으로 떨어져 내렸다.

차소령은 뒤를 돌아봤다. 그러고는 쫓아오는 주작전의 숫자가 얼마 되지 않음을 확인하고는 피가 나도록 입술을 깨물었다.

'악마 같은 놈들이었어. 게다가 그렇게 강력한 무기라니…….'

기습을 당했다. 그리고 처참하게 패했다.

백야벌의 최정예 부대인 백야검단과 함께했음에도 전투가 개시되고 한 시진도 채 버티지 못하고 퇴각할 수밖에 없었다.

병력 차도 있었지만, 그보다는 한 번도 들어 본 적 없는 적의 가공할 무기 때문이었다.

그 무기에 주작전의 상당수가 목숨을 잃었을 뿐만 아니라, 백야검단주 왕퉁은 생사조차 알 수 없는 지경에 이르렀다.

'속히 아군에게 적의 무기에 대해 알려야 해! 그 무기에 대해 알지 못한 채 전투에 들어간다면 감당하지 못할 큰 피해를 입게 될 거야!'

두두두!

차소령은 이를 악물고 달렸다.

서서히 동이 트기 시작했다. 온 세상이 여명으로 붉게 변해 가면서 창백하기 짝이 없는 차소령의 얼굴도 드러났다.

그녀의 부상은 심각했다. 지혈을 했음에도 여전히 피가 흘렀고, 급속도로 체력을 갉아먹고 있었다.

쿵!

뒤를 따르던 주작전의 무사 한 명이 맥없이 땅으로 떨어졌다. 부상을 입은 채로 달리다가 결국 최후를 맞은 것이다.

수하의 죽음에도 차소령을 잠시도 멈추지 않았다. 아니, 멈출 수가 없었다.

아군에게 적의 무기에 대해 한시라도 빨리 알리지 않으면 더 많은 피가 흐르게 될 것을 알고 있었기 때문이다.

두두두!

차소령은 이를 악문 채 전방을 응시했다.

'저 숲만 넘어가면…….'

이곳 지리는 훤했다.

과거 소향과 함께 철혈가로 향할 때 이쪽 방면으로 온 적이 있어서였다.

"전주님! 적이 쫓아옵니다!"

뒤에서 수하의 다급한 외침이 울렸다.

세차게 돌아간 차소령의 두 눈이 가늘게 흔들렸다.

수백의 적이 뒤를 쫓아오고 있었다. 흔들리는 그녀의 동공을 가득 채운 것은 다른 자들과는 달리 혈포를 걸친 자들이었다.

바로 저자들이었다. 아군을 학살하다시피 한 악귀 같은 자들이.

쾅쾅!

굉음이 울렸다.

뒤이어 주작전의 무사 두 명이 구슬픈 비명과 함께 추

락했다.

"아악!"

콰쾅!

또다시 굉음이 울렸고, 한 줄기 뭔가가 차소령의 머리카락을 스치고 지나갔다.

팟!

잘린 머리카락이 허공에 흩어졌다.

차소령은 수하들을 향해 악을 담아 소리쳤다.

"조금만 더 올라가면 살 수 있으니 다들 힘을 내!"

두두두!

그렇게 얼마를 더 달렸을까?

돌연 뒤쪽에서 금속성이 울렸다.

까가강!

"크악!"

"아악!"

뒤이어 터지는 처절한 단말마들.

차소령은 두 눈을 부릅뜨며 뒤를 돌아봤다.

"……!"

뒤를 따라오는 줄 알았던 수하들이 적과 한데 뒤섞여 맹렬히 싸우고 있었다.

하지만 중과부적이었다. 피를 흘리며 쓰러지는 수하들의 모습이 차소령의 두 눈에 비수처럼 박혀 들었다.

꽈악!

치아가 파고든 입술에서 피가 뚝뚝 떨어졌다.

하지만 차소령은 결코 멈추지 않았다.

어찌 모를까. 수하들이 자신을 위해 목숨을 던졌다는 것을.

주르륵.

뺨을 타고 흘러내린 눈물이 바람을 타고 뒤로 날아갔다.

수하들의 죽음을 헛되이 할 수 없었던 차소령은 그렇게 적에게서 멀어져 갔다.

두두두!

* * *

"동영의 본대가 산맥을 넘었습니다. 현재 속도라면 하루 뒤쯤에 북해빙궁과 합류하게 될 것 같습니다."

악소의 보고에도 연후는 말없이 찻잔을 기울였다.

딸그락.

악소가 말을 이었다.

"그리고 서북쪽 방향에서 큰 전투가 벌어졌는데, 방향으로 보아 백야벌에서 오던 병력이 동영과 충돌한 것으로 추정됩니다."

"결과는 확인되었나?"

"현재 확인 중입니다."

연후는 남은 차를 비우고 일어섰다.

"조사전에 가 있을 테니 따로 보고가 올라오면 나를 찾도록 해."

"알겠습니다."

거처를 나선 연후는 곧장 조사전으로 향했다.

현진이 그 옆을 따랐다. 하지만 조사전 안으로는 들어갈 수 없었기에 밖에서 기다렸다.

조사전으로 들어선 연후는 각각의 영정 앞에 일일이 향을 피웠다. 그리고 마지막으로 관백의 영정에 향을 피우고는 가부좌를 틀고 앉았다.

보고 있자니 관백이 영정을 뚫고 불쑥 뛰쳐나올 것만 같았다. 여전히 그의 죽음은 연후의 가슴에 깊은 상처로 남아 있었다.

무슨 걱정을 그리하십니까.

관백의 목소리가 환청처럼 울렸다.

연후는 지그시 눈을 감았다. 그러고는 꽤 오랫동안 그렇게 앉은 채로 미동조차 하지 않았다.

향이 반쯤 남았을 때였다.

"주군, 야차왕께서 오셨습니다."

조사전을 지키는 무사의 목소리가 문을 뚫고 흘러들었다.

연후는 감았던 눈을 뜨고 자리에서 일어나 조사전의 문을 열었다.

"주작전주가 왔습니다. 한데……."

말끝을 흐리는 악소. 연후는 차소령의 신변에 무슨 일이 벌어졌음을 직감했다.

악소가 말을 이었다.

"속히 가 보셔야 할 것 같습니다."

연후는 조사전을 나섰다.

악소는 그를 약당으로 안내했다. 가면서 연후가 물었다.

"서북쪽에서 벌어진 전투 현장에 주작전이 있었나?"

"그렇다고 합니다. 백야검단과 함께 이곳으로 오다가 적의 기습을 받았는데…… 결과가 좋지 않았던 모양입니다."

"다른 이들은?"

"주작전주 홀로 왔습니다."

"……."

잠시 후 연후는 약당으로 들어섰다.

허리를 숙인 채 서 있는 동방리의 뒷모습이 보였고, 그

옆으로 피투성이가 된 팔이 보였다. 차소령이었다.

차소령은 들어서는 연후를 발견하고는 일어서려 했다.

"……대지존."

"가만히 계세요."

동방리가 차소령의 가슴을 살며시 눌렀다. 동방리가 연후를 돌아보며 말했다.

"생명에 지장이 있는 정도는 아니니 너무 걱정 마세요."

연후는 동방리의 곁으로 다가갔다. 그러고는 차소령을 내려다봤다.

"……보고드릴 것이 있습니다."

"치료부터 하시오."

"보고부터…… 드려야 합니다."

연후는 차소령의 눈빛을 보며 뭔가 있음을 알 수 있었다. 차소령이 힘겹게 말을 이었다.

"백야검단과 함께 이곳으로 내려오다가 동영의 기습을 받았는데, 수천에 달하는 적들이 하나같이 괴이한 무기로 무장을……."

차소령이 보고를 이어 갔다.

충격적인 보고가 이어지는 동안에도 연후의 표정은 조금도 변함이 없었다.

"조심하셔야 합니다. 그 무기는…… 모르고 당하면 누구도 피할 수 없는 가공할 위력을……."

"알았으니 그만하시오."

연후는 차소령의 어깨를 부드럽게 눌렀다.

"고생했소, 차 전주."

수혈을 짚자 차소령이 이내 깊은 잠에 빠졌다.

연후는 동방리를 돌아보며 물었다.

"목숨에 지장은 없는 것이오?"

"예. 회복에 시일은 걸리겠지만 목숨엔 지장이 없을 거예요. 다만 부상이 극심하여 검을 다시 잡을 수 있을지는 경과를 지켜봐야 할 것 같아요."

"잘 부탁하겠소."

"최선을 다할 테니 당신은 대사에 집중하세요."

연후는 묵묵히 고개를 끄덕이고는 약당을 나섰다.

악소가 곁을 따르며 말했다.

"차 전주의 말이 사실이라면 각별히 조심하시는 것이 좋겠습니다. 그런 강력한 무기라면 반드시 주군을 노릴 것입니다."

연후는 걸어가면서 차소령의 말을 떠올렸다.

'절대지경의 고수가 강기를 이용해서 날리는 공격보다 더 먼 거리에서, 그것도 단 한 발로 차 전주의 몸을 관통할 정도라면……'

실로 놀라운 위력이 아닐 수 없었다.

전투가 시작되고 난전으로 흘러갈 때, 보이지 않는 곳

에서 아군의 수뇌들을 노린다면 치명적인 결과로 이어질 수도 있으리라.

'쉽지 않은 전쟁이 되겠군.'

사실 연후는 동영이 일차 침공 때보다 더 강할 거라고는 생각하지 않았다. 병력의 규모는 훨씬 더 컸지만 전력은 크게 차이가 나지 않을 거라 예상하고 있었다.

"가서 대원수와 군사에게 내 거처로 오라하고 이 대장군에게도 좀 보잔다고 전해."

"알겠습니다."

악소가 황급히 곁을 떠났다.

잠시 후 신휘와 현진이 연후와 마주 앉았다. 이정무는 조금 늦게 들어섰다.

연후는 차소령으로부터 들었던 모든 내용을 상세히 전했다. 그러고는 이정무에게 물었다.

"혹시 그 무기에 대해 아는 게 있소?"

"금시초문이오."

이정무가 무거운 표정으로 고개를 저었다.

그 대답에 연후는 미간을 좁혔다. 누구보다 동영에 대해 잘 알고 있는 이정무였기에 그러면 알고 있지 않을까 기대했던 탓이었다.

이정무가 무겁게 말을 이었다.

"동영에 내가 모르는 신무기가 있을 줄은 몰랐소. 그렇다면 풍천이 최근에 그것을 확보하고 지금껏 철저히 비밀에 부쳐 왔다는 것인데……."

신휘가 말했다.

"그런 무기를 지닌 적들이 수천에 달한다면 확실히 심각한 문제라고 봐야겠군."

"지금부터 대응책을 마련할 수밖에."

연후는 악소를 불렀다.

악소가 들어섰다.

"육손에게 적의 움직임을 철저히 지켜보라고 하고, 너와 서백은 북해빙궁 쪽을 살펴줘야겠다."

"알겠습니다."

악소가 나가고 셋은 곧장 대응책 마련에 들어갔다.

그리고 저녁이 지나고 별이 떠오를 시간이 되어서야 신휘와 현진이 연후의 거처를 나섰다.

* * *

깊은 밤.

송영이 양손에 먹을 것을 잔뜩 들고 육손의 거처를 찾았다. 들어서니 육손과 박찬이 그를 맞았다.

"어서 와."

"어서 오세요."

"이럴 줄 알고 먹을 것 좀 가져왔다."

"고마워."

"고맙습니다."

"우리도 친구 하는 거 어때요?"

송영의 그 말에 박찬이 반색했다.

"그럴까요? 그럼…… 그러죠."

두 사람은 그렇게 대화를 끝마치곤 허겁지겁 식사를 시작했다.

송영은 그 모습을 바라보며 실소를 머금었다가 이내 표정을 굳히고는 말했다.

"동영의 본대가 산맥을 넘었대. 내일이면 북해빙궁과 합류할 것 같은데…… 그 전에 독을 완성할 수 있겠어?"

그 순간 육손과 박찬의 얼굴에 그늘이 드리웠다. 하루라는 시간 안에는 완성을 장담할 수 없는 까닭이었다.

박찬이 어두운 표정으로 중얼거렸다.

"이르면 내일에라도 전투가 시작될 수도 있겠구나."

"어쩌면 그럴지도."

탁!

육손이 젓가락을 내려놓았다.

"이러고 있을 때가 아니었어. 너는 방해되니까 얼른 나가."

"이 자식이."

"이 자식이고 뭐고 얼른 나가라고. 네가 있으면 집중을 할 수 없단 말이야."

"쳇! 알았다, 자식아."

딱!

송영은 육손의 머리를 한 대 쥐어박고는 밖으로 나섰다. 야심한 시간임에도 불구하고 오가는 무사들이 상당히 많았다.

동영의 본대가 산맥을 넘어섰다는 사실이 전해지며 철혈가는 전보다 열기가 달아오르기 시작했다.

"흥! 어디 올 테면 와 보라지. 아주 그냥 피떡을 만들어 줄라니까. 개자식들."

송영은 석차가 있는 곳으로 향했다.

그런데 석차의 수가 배로 늘어나 있었다. 북해빙궁이 동영의 합류를 기다리는 동안에 시간을 벌 수 있었던 연후는 송영에게 석차의 수를 늘리라는 지시를 했고, 송영은 밤을 새워 가며 두 배에 달하는 석차를 새롭게 만들어 냈다.

"손이한테 다녀오는 길이냐?"

머리 위에서 서백의 목소리가 울렸다.

고개를 들어 쳐다보니 서백이 담장 위쪽의 거목에 앉아 손을 흔들고 있었다.

"거기서 뭐하세요?"

"뭐하긴. 경계를 서고 있지."

"형님이 굳이……."

"그냥 머릿속으로 전투 상황을 그려 보는 중이야. 한데 독은 좀 어때?"

"그게…… 아직 멀었나 봅니다. 녀석의 표정을 보니 하루 안에 완성하는 건 힘들어 보이던데 말입니다."

송영의 그 말에 서백이 씩 웃으며 말했다.

"녀석이라면 반드시 해낼 거다. 박 공자까지 곁에서 도와주고 있으니 믿어 보자."

"예. 그럼 수고하세요."

잠시 후 송영은 석차의 상태를 점검했다.

이미 만반의 준비를 마친 상태였지만 혹시라도 전투가 발발했을 때 오작동을 일으키면 심각한 차질을 빚을 수 있으니 수시로 점검하는 것은 필수였다.

그곳에 철인족들이 있었다. 석차를 당길 때 완력이 좋은 사람들이 있어야 해서 철인족 스무 명을 차출하여 석차 부대에 배치한 것이었다.

덕분에 시위 역할을 하는 밧줄을 더 팽팽하게 해 둘 수가 있어서 사정거리도 훨씬 더 늘릴 수 있었다.

"돌아가면서 쉬도록 하십시오."

"염려 마십시오. 저희들이 알아서 문제가 없게끔 하겠습니다."

"그럼 아침에 뵙죠."

송영은 비로소 거처로 향했다.

그러다가 얼마 걷지 못하고 그 자리에 멈췄다. 대전각의 지붕에 앉아 있는 연후를 본 까닭이었다.

찌잉.

홀로 앉아 있는 연후를 보고 있자니 송영은 가슴 한쪽이 아렸다.

언제나 강인했던 연후였고, 그 어떤 것도 그에겐 짐조차 되지 못할 것이라 여겼었다.

그런데 지금 저 모습은 마치 이 세상의 모든 과업을 홀로 짊어진 것처럼 보였다.

송영은 손으로 코끝을 문지르고는 다시 걸었다.

그때였다.

"올라와 봐."

연후의 목소리가 귓속을 파고들었다.

송영은 그 즉시 대전각의 지붕으로 훌쩍 뛰어올랐다. 연후의 곁으로 다가가니 주향이 은은히 느껴졌다.

송영은 연후의 옆에 놓여 있는 술병을 보고는 물었다.

"안줏거리를 더 가져올까요?"

"됐으니 앉아 봐."

송영은 연후의 옆에 조용히 앉았다.

"두렵지 않느냐?"

"……솔직히 조금 두렵긴 합니다. 전투 중에 석차가 고장이 나면 어떡하나, 암기를 잔뜩 담아 놓은 탄이 예상보다 위력이 떨어지면 어떡하나…… 뭐, 이런 것 때문에 잠이 오질 않습니다."

연후의 입가에 옅은 미소가 걸렸다.

모두가 하나같이 큰 역할을 해 주고 있었지만, 특히 송영과 육손은 전쟁의 승패를 좌우할 정도의 중대한 역할을 해 주었다 해도 과언이 아니었다.

연후는 이들에게 감사함을 느끼는 한편, 미안한 감정을 가졌다.

그의 곁에 있는 이들 중에서도 유독 어린 두 사람이었다. 아직 어린 나이임에도 자신을 따르게 된 탓에 몇 차례나 사지를 드나들게 되었으니 안쓰러울 수밖에 없었다.

"마음에 담아 둔 처자는 있느냐?"

반짝!

"없습니다. 한 명 소개해 주시는 겁니까?"

갑자기 눈동자를 밤하늘의 별처럼 반짝반짝 빛을 발하는 송영이었다.

"이 전쟁이 끝나면 노력해 보마."

"약속하신 겁니다?"

"그래. 약속하마."

"앗싸!"

좋아서 펄쩍 뛰는 송영.

그때였다.

스스슥!

악소와 백무영이 유령처럼 모습을 드러내었다. 백무영이 송영의 머리를 가볍게 한 대 쥐어박고는 말했다.

"다녀오겠습니다."

"조심들 해."

"예. 하면."

"어디 가십니까?"

"몰라도 된다, 너는."

파팟!

어둠 속으로 사라지는 악소와 백무영을 응시하던 송영이 연후를 돌아봤다.

"무슨 일입니까? 형님들은 어디로 가시는 겁니까?"

"적의 규모를 보다 확실하게 알아 둘 필요가 있어서."

"동영 말입니까?"

"그래."

연후는 자리를 떨치고 일어섰다.

"그만 들어가자."

"……."

* * *

유난히 짙은 여명이 온 세상을 붉게 물들였다.

악소와 백무영은 드넓은 초지를 새카맣게 채운 채 북상하는 동영의 대군을 내려다보며 눈빛을 가라앉혔다.

악소가 미간을 좁히며 중얼거리듯 말했다.

"저놈들인 것 같소."

악소가 가리킨 것은 칠흑처럼 검은 적들 한가운데를 이동하는 핏빛 무복을 걸친 자들이었다.

"무기부터가 다른 것을 보니 그런 것 같군. 중군에서 호위를 받으며 이동하는 것을 보니 확실히 풍천이 각별히 아끼는 놈들임에 틀림없어."

백무영은 말을 하며 주변을 살폈다. 그러다가 한 곳에 이르러 눈빛을 발했다.

"저곳이 좋겠군."

그가 가리킨 곳은 적이 이동하는 전방의 절벽이었다. 다른 곳에 비해 공간이 좁아서 뭔가를 하기에는 최적의 환경을 갖추고 있었다.

백무영이 악소를 향해 주의를 줬다.

"무리하지 마라. 우리의 임무는 적의 신무기가 어느 정도의 위력을 지녔는지 확인만 하는 것이다."

"알겠소."

"그럼 저곳으로 가지."

둘은 숲을 타고 절벽이 있는 곳으로 빠르게 이동했다. 그리고 잠시 후 목적지에 이르렀을 때, 한 사람이 그곳에 서 있었다.

백무영과 악소가 두 눈을 치떴다.

"주군……!"

연후였다.

그가 둘을 향해 무심히 말했다.

"아무래도 내 눈으로 직접 확인해 두는 것이 좋을 것 같아서."

"너무 위험합니다. 그냥 저희에게 맡기십시오."

"그래서 온 거다."

"……."

연후는 다가오는 적을 응시하며 나무 옆에서 뭔가를 꺼냈다. 서백의 활만큼이나 큰 대궁(大弓)이었다. 나무 옆에 살통이 있었는데, 그 안에 새카만 구슬을 달아 놓은 화살이 빼곡하게 담겨 있었다.

그리고 방패도 하나 있었다.

"방패는 왜 가져오신 겁니까?"

"확인할 게 있어서."

연후는 화살을 한 발 꺼내어 시위에 얹었다.

악소가 물었다.

"독탄입니까?"

"그래. 본격적으로 전투가 시작되기 전에 미리 겁을 좀 줘 두는 것도 나쁘지 않겠지."

끼끼끼…….

"대군의 약점이 뭔지 아나?"

"……."

"하찮은 공격에도 피해가 크다는 법이지. 알면서도 피할 수가 없으니까. 하물며 기습이라면 더욱더 그렇고."

타앙!

시위를 떠난 화살이 공기를 가르며 날아갔다.

화살은 정확하게 적의 선두를 지나 중군에서 이동 중이던 혈포인들을 향해 떨어져 내렸다.

펑!

난데없는 공격에 적이 술렁거렸다.

술렁거림에 이어 혼란이 일어났다.

"크악!"

"으아악!"

독연이 퍼지면서 죽어 가는 자들이 속출했다.

"적이다!"

"화살이 날아온 방향을 찾아라! 어서!"

끼끼끼…….

타앙!

이번에는 두 발을 동시에 날렸다.

어김없이 독탄이 달려 있는 두 발의 화살은 혈포인들의 한가운데로 떨어졌다.

퍼펑!

"크악!"

"독이다! 피해라!"

연후가 세 번째 공격을 하려고 할 때였다. 혈포인들이 가장자리로 빠져나오더니 어깨에 메고 있는 무기를 들고 이쪽을 겨냥했다.

타다다다당!

연후가 나지막이 외쳤다.

"나무 뒤로."

악소와 백무영이 나무 뒤로 몸을 숨겼다.

퍼퍼퍼퍼퍼퍼퍽!

수풀이 잘려 마구 치솟고, 어떤 나무에는 구멍이 숭숭 뚫리며 파편이 사방으로 튀었다.

'엄청나군.'

차소령을 통해 들었을 때 솔직히 반신반의했던 연후였다. 하지만 정작 겪어 보니 그 정도가 상상을 초월했다.

"너희는 조금 뒤로 물러서라."

"같이 안 가십니까?"

"확인할 게 있다고 했잖아. 어서 시키는 대로 해."

악소와 백무영이 오십 장 정도 떨어진 곳으로 이동하자, 연후는 다시 화살을 날렸다.

 화살은 여전히 높은 정확도를 자랑했다. 그리고 적의 반격도 이어졌다.

 퍼퍼퍼퍽!

 연후는 방패를 들고 앞으로 나섰다.

 따다다다당!

 방패 주변에서 무수히 많은 불꽃이 일었다.

 '방패는 뚫지 못하는군. 하면 하나만 더 확인을 해 보자.'

 그때였다.

 쐐애액!

 지척에서 파공성이 일었다.

 연후는 호신강기를 끌어올리며 방패로 몸을 가렸다.

 쾅!

 "……!"

 방패가 뚫리며 가슴에서 강력한 충격이 전해졌다. 내려다보니 전신을 두르고 있던 호신강기가 찢어지며 뭔가가 아래로 툭 떨어졌다.

 연후는 가슴을 살폈다. 충격은 있었지만 몸이 상하지는 않았다.

 하지만 이것만으로도 놀라기에는 충분했다.

'이것이었군. 차 전주가 그토록 두려워했던 것이…….'

연후는 백무영과 악소가 있는 곳으로 물러섰다. 그 와중에 또다시 적들이 반격을 가했고, 낙탄 지점은 그에 훨씬 미치지 못했다.

'활보다 사정거리가 짧군.'

가히 엄청난 속도에, 대단한 명중률을 지닌 무기였지만 사정거리는 활보다 짧았다.

연후는 생각에 잠긴 채 혈포인들을 쭉 훑다가, 한순간 눈빛을 번뜩였다.

혈포인들의 한가운데에서 모습을 드러낸 자가 다른 혈포인들과 달리 몇 배는 더 큰 무기를 이쪽을 겨누고 있었다.

번쩍!

불꽃이 보였다.

그리고 연후의 바로 앞의 나무가 퍽 하는 소리와 함께 커다란 구멍이 생겼다. 소리는 그다음에 울렸다.

쾅!

'저것이었군.'

방패를 뚫고 몸을 관통할 뻔했던 강력한 무기의 사정거리는 활보다 훨씬 더 길었다. 그럼에도 나무를 관통하는 위력을 지니고 있었다.

백무영과 악소의 얼굴이 경직되었다.

"엄청난 위력입니다. 이 거리에서 나무를 관통하다니 말입니다."

"속도 역시 놀라울 정도입니다. 이 정도면 천하의 그 어떤 무기보다 치명적입니다."

연후는 고개를 끄덕였다.

대다수의 혈포인이 사용하는 작은 무기는 방패로도 충분히 막아 낼 수 있었지만, 방금 전 혈포인을 비롯한 일부가 사용하는 커다란 무기는 상당히 위협적이었다.

"적의 신무기에 대해선 충분히 파악했으니 이제 그만 돌아가서 대책을 강구하자."

끼끼끼…….

재차 혈포인들을 향해 독탄을 얹은 시위를 당기던 연후의 두 눈이 한순간 흔들렸다. 동영의 대군 안에서 낯익은 얼굴을 발견한 탓이었다.

"서문회……."

* * *

펑!

"으악!"

"독이다! 피해라!"

난데없는 소란에 마차 안에서 곤히 잠이 들었던 풍천이

밖을 향해 외쳤다.

"무슨 일이냐!"

"적의 기습입니다!"

쾅!

풍천이 마차의 창을 거칠게 열어젖혔다.

그런 그의 두 눈에 넓게 퍼져 가는 핏빛 연기가 보였다. 독연이었다.

풍천이 두 눈을 부릅뜬 것은 독연이 퍼져 나가는 곳이 혈포인들이 몰려 있는 곳임을 깨달았을 때였다.

쾅!

"멍청하게 모여 있지 말고 어서 피해라!"

마차의 벽을 뚫고 뛰쳐나온 풍천은 황급히 혈포인들이 모여 있는 곳으로 몸을 날렸다. 거의 비슷한 시간에 서문회가 달려왔다.

서문회는 혈포인들이 있는 곳이 아닌 화살이 날아든 곳을 응시했다.

그때 화살 한 발이 날아들었다.

쐐애액!

서문회는 호신강기를 펼치며 날아가는 화살을 향해 손을 뻗었다.

척!

화살을 낚아챈 서문회는 타들어 가는 심지가 얼마 남지

않은 것을 확인하고는 멀리 던져 버렸다.

그리고 다시 절벽을 쳐다보니 한 사람이 천천히 일어서고 있었다.

거리가 멀었지만 서문회는 그가 누군지 한눈에 알아볼 수 있었다.

'이연후……'

* * *

바르르…….

한 차례 혼란이 지나가고 풍천은 분노에 치를 떨었다. 이 전쟁을 승리로 이끌어 줄 거라 믿고 있었던 비밀 전력이 꽤 심대한 타격을 입은 까닭이었다.

오백에 달하는 병력이 목숨을 잃었다. 또한 아직 숨은 붙어 있었지만 거의 삼백에 달하는 병력이 회생 불가의 상태나 마찬가지였다.

더 분노가 치미는 것은 아무것도 해 보지 못하고 당했다는 점이었다.

서문회가 풍천을 위로했다.

"대군의 치명적 약점이 바로 이러한 것이 아니겠소. 하물며 공격을 한 자가 이연후였으니 그만 노여움을 가라앉히시오."

"놈을 발견하고도 왜 공격하지 않았소!"

"거리가 너무 멀었소. 쫓아가 본들 소용없다는 것은 태합도 잘 알지 않소?"

"……!"

천하의 누가 연후를 추격할 수 있을까?

풍천은 어금니를 악물며 치미는 분노를 애써 억눌렀다.

서문회가 말을 이었다.

"비록 값비싼 대가를 치렀지만 일월전의 치명적인 약점을 확인했으니 대처에 만반의 준비를 기울여야 할 것이오."

일월전은 혈포인들로 구성된 부대를 말함이었다.

풍천은 일월전을 특별히 아꼈고, 녹봉도 다른 무사들에 비해 세 배나 더 챙겨 주고 있었다. 또한 일월전의 수장에게는 다른 누구의 간섭도 불허하는 특전까지 내렸다.

풍천이 씹어뱉듯이 말했다.

"일월전의 가공할 위력에 취한 나머지 북부무림에 독왕이 있다는 것을 간과했소."

"누구나 실수는 하기 마련이니 그만 잊으시오. 지금은 적의 독으로부터 일월전을 보호할 방법을 찾는 것이 우선이 아니겠소?"

"알겠소."

어느새 차갑게 내려앉은 풍천의 눈빛이었다.

'종잡을 수 없단 말이지.'

이럴 때의 풍천은 서문회를 놀라게 하고도 충분했다.

쉽사리 들끓지만, 그만큼 빠르게 냉철함을 회복하는 것이 풍천의 강점이었다.

"진격을 재개하라!"

"예!"

둥둥둥!

풍천은 마차가 아닌 전마에 올랐다.

서문회가 그 옆에 자리했다.

"진격하라!"

"진격하라!"

두두두!

대군이 다시 움직이기 시작했다. 움직이면서 일어난 흙먼지가 죽은 자들을 덮었다.

그리고 얼마 후 연후와 악소, 백무영이 시신이 나뒹구는 곳에 나타났다.

"모두 가져간 것 같습니다."

"혹시 모르니 더 찾아보도록 해."

"알겠습니다."

그때였다.

저만치 떨어진 곳을 살피던 악소가 바람처럼 날아왔다. 그런 그의 손에 괴이하게 생긴 무기가 한 자루 들려 있었다.

"하나 찾았습니다!"

연후는 악소가 가져온 무기를 이리저리 살폈다.

몸통은 나무로 되어 있었지만 곳곳에 쇠붙이가 달려 있었고, 그 끝에 구멍이 나 있었다.

"마치 화포를 작게 축소시켜 놓은 것 같군."

"놀랍습니다. 이 작은 것이 그토록 강력한 위력을 보일 수 있다니 말입니다."

"이것보다 더 무서운 것을 보았지 않느냐."

"……."

지금 살펴보는 것은 사정거리가 활보다 짧았다.

하지만 이것과 흡사하지만 조금 더 큰 무기는 활보다 사정거리도 길었고, 위력도 실로 엄청났었다.

"일단 이걸 송영에게 보여 줘야겠어."

"그만 돌아가시겠습니까?"

"그래."

* * *

철그럭.

송영은 잔뜩 미간을 좁힌 채 연후가 가져온 무기를 이리저리 살폈다.

"어떤 원리인지 알겠느냐?"

"이걸 당기면 탄이 나가는 원리인 것 같은데…… 이게 그렇게 무시무시했습니까?"

"이건 네가 만든 방패를 뚫지 못했다. 하지만 더 먼 거리에서 방패를 뚫는 무기가 있었다."

"그게…… 정말입니까?"

경악을 금치 못하는 송영.

연후가 말을 이었다.

"방패의 내구성을 지금보다 더 강하게 만들 수 있겠느냐?"

"그거야 철을 보강하면 되지만 시간이 촉박한지라……."

"몇 개라도 좋으니 가능한 많이 만들어 두도록 해. 작업에 필요한 인원은 네가 직접 데려가도록 하고."

"알겠습니다."

연후는 송영의 어깨를 다독거려 주고는 밖으로 나서려다가 뒤돌아보며 말했다.

"여인들 것도 두 개 부탁하마."

씨익.

"안 그래도 가주님과 서 소저 것부터 만들 생각이었습니다."

연후는 밖으로 나섰다. 마침 저만치 앞에서 현진이 걸어오고 있었다.

현진이 다가오며 말했다.

"무사들에게 담장 위쪽에 대나무를 십자로 엮여서 죽책을 세워 두라 지시해 두었습니다. 늦어도 내일 아침까지는 완성이 가능할 것 같습니다."

"대나무가 최선인가?"

"십자로 겹겹이 엮으면 강철 못지않게 강한 것이 대나무입니다. 방패마저 뚫는다는 무기는 몰라도 다른 것은 충분히 버틸 수 있을 겁니다."

연후는 묵묵히 고개를 끄덕이며 대전각으로 향했다.

"적의 무기에 대해서도 전군에 알려야 한다. 그리고 각 부대의 수장들에겐 내구성이 보강된 방패를 지급할 것이니 너도 반드시 챙기도록 해라."

"방패를 새로 만들 시간이 되겠습니까?"

"촉박하지만 녀석의 능력이라면 가능할 거다."

"예."

둘은 나란히 대전각으로 향했다.

'흑월이 있었더라면……'

흑월은 지금 철혈가를 떠나고 없었다. 그에게 따로 주어진 임무 때문이었다.

만약 흑월이 있었다면 동영의 신무기에 대해 알지도 몰랐기에 아쉬움으로 다가왔다.

"꽤 힘든 전쟁이 될 듯합니다."

"모든 전쟁이 다 그렇지."
"한데 주군은 역시 담담하시군요."
"그런 척하는 거다."
"……."
연후는 걸음을 멈추고 현진을 돌아봤다.
"이 자리가 그래야 하는 자리니까."

* * *

철혈가 북쪽 산악 지대.
달이 떠오른 밤에 그곳을 오르는 네 명이 있었다. 육손과 박찬, 그리고 서백과 김철이었다.
서백이 앞서 올라가는 육손의 뒤에다 대고 말했다.
"살아 있는 생명체를 상대로 실험을 해 봐야 하는 거 아니냐?"
"수풀로도 어느 정도는 확인이 가능해요."
"풀로? 어떻게?"
"풀도 따지고 보면 엄연히 살아 있는 생명체가 아닙니까? 하독을 했을 때 얼마나 빨리 고사하는지 계산을 해 보면 어느 정도는 답이 나와요."
"흠. 그거 신기하네."
김철이 한마디 불쑥 내뱉었다.

"그냥 몰래 적진에 접근해서 독을 써 보는 것이 보다 확실할 거 같은데……."

그 말에 박찬이 인상을 쓰며 말했다.

"그건 너무 위험하잖아. 네가 할 거야?"

"독만 줘 봐. 내가 가서 확 풀어 버리고 올 테니까."

"하여간 못 말린다니까."

그때였다.

휘리릭!

뒤에서 바람 소리가 일었다. 돌아보니 강회가 올라오고 있었다.

"형님이 여긴 왜 왔수?"

"대장군이 찾으신다."

"저를요?"

"그래."

"왜요?"

"조금 전에 대지존께서 동영의 신무기를 하나 갖고 오셨는데, 혹시 네가 알고 있는지 여쭤볼 모양이더라. 하니 어서 내려가 봐. 지금 그것 때문에 수뇌부들도 회의에 들어갔다."

"아…… 귀찮네."

딱!

"마! 빨리 안 내려가나."

"알았다고요!"

김철이 땅을 박차고 뛰어올라서는 어둠 속으로 사라졌다.

서백이 물었다.

"저 친구가 무기에 대해 조예가 깊은가 보죠?"

"절마 저기 어렸을 적에 아주 먼 나라에서 잠시 살았었거든? 듣기로 거기가 문물이 아주 발달했나 보더라고. 그래서 대장군께서도 혹시나 절마가 아는가 싶어서 부르신 거지. 한데 이 야밤에 산은 와 오르노?"

박찬이 대답했다.

"독을 시험해 보려고요."

"그래? 그럼 수고들 해라."

쾅!

강회가 마치 도망을 가듯 그대로 몸을 날리자 박찬이 머리를 긁적이며 멋쩍게 웃었다.

"저 형님이 독을 워낙에 싫어하셔서……."

잠시 후 모두는 정상에 올랐다.

정상에 도착하기 무섭게 육손이 품속에서 손가락만 한 통을 하나 꺼냈다.

"백 장 밖으로 물러나세요."

"백 장씩이나?"

"저도 이 독이 미치는 범위가 어디까지인지 정확하게 몰라서요."

"조심해라."

서백과 백찬이 백 장 뒤로 물러섰다.

육손은 통에 입을 맞추며 제발 원하는 정도의 위력이 나오기를 빌었다.

'제발……'

딸깍.

연통의 마개를 열어젖힌 육손은 조심스럽게 허공을 휘저었다. 그러자 연통 속에서 희뿌연 연기 같은 것이 흘러나와 바람을 타고 수풀이 우거진 곳으로 흘러갔다.

육손은 뒤로 물러서면서 숨죽여 지켜보았다.

그렇게 몇 호흡 할 시간이 지났을까?

독연이 닿은 곳에서 수풀이 까맣게 죽어 가기 시작했다. 하지만 육손의 표정은 점점 더 어두워졌다.

'이 정도면 기존의 독과 큰 차이가 없는데……'

육손은 하나를 더 꺼냈다.

하지만 이번에도 효과는 처음과 마찬가지였다.

'왜 이렇지? 뭐가 잘못된 걸까?'

육손이 고민에 빠질 때, 뒤에서 서백이 외쳤다.

"어때?"

육손이 힘없이 돌아서며 고개를 저었다.

"조금 더 손을 봐야 할 것 같습니다."

* * *

김철이 들어선 곳은 대전각이었다.

그는 연후를 비롯한 모든 수뇌부의 시선이 자신에게 쏠리자 머리를 긁적였다.

"찾으셨습니까?"

"혹시 이걸 본 적이 있나?"

연후가 동영의 신무기를 내밀었다.

그것을 본 김철의 두 눈이 대번에 동그래졌다.

"이겁니까, 동영의 신무기가?"

"그래."

"와, 이건……."

알고 있는 것 같은 김철의 반응이 모두를 기대하게 만들었다.

김철이 말을 이었다.

"이게 코쟁이들이 만든 건데, 이 안에 탄이라는 것을 넣고 화약을 다진 다음 방아쇠라는 것을 당기면 탄이 발사되어 상대를 죽이는 겁니다. 보기에는 이래도 급소에 제대로 맞으면 한 발만으로도 즉사를 면치 못하는 아주 무서운 겁니다. 한데 이걸 동영 놈들이 어떻게……."

다행히 김철은 동영의 신무기에 대해 알고 있었다.

연후는 다른 것을 물었다.

"이것보다 더 큰 것도 있었다. 사정거리도 길고, 속도와 파괴력 역시 엄청나더군. 혹시 그것도 알고 있나?"

"화포 아닙니까?"

"한 명이 들고 다닐 수 있는 크기였다."

"그건 저도 모르겠는데요?"

연후는 아쉬움을 접고 바로 지시했다.

"지금부터 이것에 대해 아는 대로 다 털어놓도록 해."

"조금 전에 말씀드렸잖습니까?"

"더 자세히."

"……."

김철이 설명을 늘어놓기 시작했다.

설명이 다 끝났을 때 모두의 표정은 돌덩이처럼 굳어 있었다.

하지만 연후는 담담했다. 오히려 표정이 밝아진 것처럼 보였다.

그도 그럴 것이 암울했던 상황에서 그나마 몇 가지 약점을 발견한 것이다.

"그러니까 위력은 강력하지만, 연사력은 떨어진다 이거군."

"예. 연사력만 따지면 활보다 훨씬 못하다고 볼 수 있죠. 이거 한 발 쏠 때, 궁술에 조예가 깊은 사람들은 화살을 최소 열 발은 날릴 수 있을 테니 말입니다."

"그리고 물에 약하다……."

"예. 비가 오는 날에는 위력이 반감됩니다. 화약이 물에 젖으면 아예 발사 자체가 안 될 겁니다. 저는 그렇게 알고 있습니다."

"수고했다. 가서 쉬어."

"……저도 여기 앉아 있으면 안 될까요?"

그 말에 이정무가 슬며시 인상을 쓰며 나무랐다.

"까불지 말고 빨리 나가 봐."

"……예. 그럼 수고들 하십시오."

돌아서는 김철을 연후가 불러 세웠다.

"잠깐."

"예?"

김철이 돌아섰다.

"가서 송영을 도와주도록 해."

"……제가요?"

"녀석도 처음 보는 것이라 네가 설명을 해 주면 도움이 될 테지. 빨리 가 봐."

'내가 왜 당신 명령을 들어야 하냐고?'

김철의 미간에 슬며시 주름이 잡혀 갈 때, 이정무가 다시 나섰다.

"빨리 가서 도와주도록 해."

"……예."

5장
폭풍전야(2)

폭풍전야(2)

두두두!

나백은 흙먼지가 일어나는 서남쪽을 바라보며 눈빛을 가라앉혔다. 풍천이 이끄는 동영의 대군이 드디어 보이기 시작했다.

"드디어 오는군."

"직접 맞으셔야야 않겠습니까?"

"……."

나백은 내키지 않았다. 여전히 그는 동영을 미개한 종족쯤으로 여기고 있었다.

하지만 아쉬운 사람이 우물을 파는 법이라고 했던가?

"크흠!"

나백은 전마에 올라 동영의 대군을 향해 천천히 나아갔

다. 측근들과 호위 부대가 그의 뒤를 따랐다.

나백은 선두의 거대한 깃발, 그 아래를 달리고 있는 풍천을 직시했다. 하지만 그의 시선은 이내 풍천의 옆에 있는 서문회의 얼굴로 향했다.

"성을 세 개나 갈아 치운 여포만도 못한 놈."

나백은 불쾌한 속내를 감추지 않았다.

서문회가 동영에서 어떠한 위치에 있는지는 모르지만, 함께한다는 자체만으로 매우 껄끄러울 수밖에 없었다. 어쨌거나 서문회의 조국, 대막을 무너뜨린 것은 자신이니까.

그때였다.

두두두!

풍천과 서문회가 속도를 올리면서 양측의 거리가 순식간에 가까워졌다.

서문회를 불편한 눈으로 바라보던 나백이 다시 풍천을 응시했다. 둘의 시선이 허공을 격하고 얽혀들었다.

나백이 먼저 말을 건넸다.

"어서 오시오, 태합."

"이렇게 만나 뵙게 되어 영광이외다, 대궁주."

다음은 나백과 서문회의 차례였다.

하지만 서로를 바라보는 시선은 냉랭할 뿐, 두 사람은 인사조차 나누지 않았다.

풍천이 웃으며 나섰다.

"과거의 은원은 잊고 발전적인 관계를 맺는 것이 이 전쟁에 도움이 되지 않겠소?"

"크흠! 가십시다."

나백은 먼저 말머리를 돌렸다.

그런 나백을 바라보는 서문회의 눈빛은 싸늘하기 짝이 없었다.

[사사로운 은원 따윈 잊으시오.]

풍천의 전음에 서문회는 비로소 눈빛을 풀었다.

그때였다.

쐐애액!

갑자기 한 줄기 파공성과 함께 화살 한 발이 날아들었다. 화살은 먼저 군영으로 향하던 나백의 머리를 넘어 풍천의 앞에 떨어졌다.

퍽!

풍천은 화살이 날아든 궤적을 좇아 시선을 돌렸다.

좌측 절벽 위에 한 사람이 서 있었다. 서백이었다.

그가 손을 흔들며 외쳤다.

"어서 와! 북천은 처음이지?"

풍천은 헛웃음을 터트렸다.

"맹랑한 놈……."

"그럼 나중에 보자고!"

서백이 사라졌다.

풍천은 사라지는 서백의 뒷모습을 응시하며 중얼거렸다.

"곧 너희 철혈가는 지상에서 먼지처럼 사라지게 될 것이다."

* * *

북해빙궁의 군영.

양측의 호위들이 팽팽한 신경전을 벌이는 가운데, 나백과 풍천이 마주 앉았다.

풍천이 곧장 물었다.

"병력을 왜 이곳까지 물린 것이오?"

"그럴 만한 사정이 있었소."

나백은 자초지종을 짤막하게 설명했다. 설명이 끝나자 풍천이 미간을 좁히며 물었다.

"화공을…… 해 왔단 말이오?"

"그렇소. 때마침 비가 오지 않았더라면 이 주변은 잿더미가 되었을 것이오. 여기만이 아니오. 여기보다 더 우거진 북쪽에서도 화공을 사용했소."

"흠……."

악독하기로 정평이 나 있는 풍천조차도 놀람을 감추지

못했다.

이처럼 광활한 산악 지대에서 화공은 천하의 그 누구라도 함부로 하지 못할 최악의 공격이었다. 자칫 잘못하면 나백의 말처럼 주변이 초토화가 되기 때문이었다.

"가급적 숲과 떨어진 곳에 군영을 세우는 것이 좋을 것이오. 이연후, 놈은 승리를 위해서라면 무슨 짓이든 할 놈이니까."

풍천은 고개를 끄덕이고는 물었다.

"적의 상황부터 들어야겠소."

"여봐라."

"예, 대궁주."

"태합에게 적의 상황을 전하거라."

"알겠습니다."

나백의 측근이 미리 준비해 둔 지도를 펼쳐 놓고 설명을 시작했다. 풍천은 토씨 하나 놓치지 않고 귀담아들었다.

한편 멀찌감치 떨어진 곳에서 두 사람을 지켜보던 서문회는 내심 코웃음을 쳤다.

'철저히 나를 배제하겠다, 이건가?'

조금 전 나백은 자신이 자리에 함께하는 것을 강하게 반대했다.

'불안하겠지. 그럼에도 어쩔 수 없이 함께할 수밖에 없

다는 것이 내겐 기회이자 네놈에겐 치명적인 약점이 될 것이다, 나백.'

사실 서문회는 나백 앞에서 일부러 감정을 감추지 않았다. 오히려 대놓고 노려보기까지 했다. 감정을 감추면 오히려 더 의심을 할 것이 뻔했기 때문이다.

그때였다.

"잠시 와 보시겠소?"

풍천이 서문회를 불렀다.

서문회는 나백을 응시하고는 곁으로 다가갔다.

풍천이 물었다.

"혹시 기관진식에 대해서 좀 아시오?"

"소싯적에 기본적인 것만 배워서 딱히 내보일 만한 수준은 아니오. 한데 그건 왜 묻는 것이오?"

풍천이 미간을 좁히며 말을 이었다.

"철혈가 주변에 기관진식이 바둑판처럼 깔려 있는 모양이오. 정문으로 향하는 길목에도 상당한 규모의 기관과 함정이 있었는데, 첫 공격이 실패한 것도 그것 때문이라고 하오. 하니 우리도 공격에 나서기 전에 대응책을 강구해야 하지 않겠소?"

풍천의 그 말에 서문회는 나백을 응시하며 물었다.

"어떤 형태의 기관이었소?"

"여봐라!"

"예, 대궁주!"

"이자에게 철혈가의 기관에 대해 설명을 해 주거라."

나백은 말도 섞기 싫다는 듯 측근에게 미뤘다. 측근이 바로 말을 이었다.

"길 전체가 좌우로 갈라지며 그 속에 칼날이 박혀 있었소. 고수는 경공술로 충분히 넘어갈 순 있었지만, 그렇지 못한 무사들과 전마가 문제였소. 때문에 상당한 피해를 입고 물러섰다가 야밤을 틈타 기관을 메우는 데 성공했지만, 그때 혈왕군이 합류하는 바람에 어쩔 수 없이 물러서야 했소."

서문회가 안광을 번뜩이며 다시 물었다.

"함정을 어떤 식으로 메웠소?"

"흙으로 덮어 버렸소."

서문회가 나백을 돌아봤다.

"함정이 무용지물이 되었음을 알고도 총공격을 미룬 것이오?"

"지금 나를 추궁하는 것이냐?"

"기회를 놓쳤음을 지적하는 것이오. 적이 함정을 덮은 흙을 퍼내기 전에 총공격을 했어야 했소."

"닥쳐라!"

채채채챙!

뒤에 물러서 있던 나백의 호위들이 일제히 검을 뽑아

들며 앞으로 나섰다.

"대궁주, 이렇게 나올 거요?"

풍천의 눈빛이 서늘하게 가라앉았다.

나백이 손을 들어 호위들에게 물러가라 손짓을 하고는 서문회를 노려보며 말했다.

"사사로운 은원을 앞세워 한 번만 더 건방을 떤다면 철혈가를 치기 전에 네놈의 목부터 칠 것이다."

"내 검은 놀고 있을 거라 생각하나?"

"이놈이……."

"서문 공도 그만하시오!"

풍천이 나섰다.

"서문 공은 그만 물러가시오."

서문회가 나백을 싸늘히 노려보고는 본래의 자리로 돌아갔다.

[자중하시오, 서문 공.]

풍천의 전음에 서문회는 횅하니 돌아섰다.

"이 몸은 먼저 군영에 가 있겠소."

풍천이 북해빙궁의 군영을 떠나는 서문회의 뒷모습을 응시하며 미간을 찡그렸다. 그러고는 나백을 향해 말했다.

"이 전쟁에 서문 공은 절대적으로 필요한 사람이오. 하니 대궁주께서도 사사로운 은원은 잠시 묻어 두도록 하시오."

"하나 묻겠소."

"물어보시오."

"이 전쟁이 끝나면 저놈을 어떡할 생각이오? 아무 조건도 없이 놈을 받아 주진 않았을 게 아니오?"

묘한 의미가 담긴 질문에 풍천은 특유의 느긋한 미소를 머금었다.

"일단 전쟁에서 살아남으면 그때 생각해 보기로 했소."

풍천은 서문회와 나눈 거래에 대해 나백에게 알려 줄 생각이 없었다. 이 또한 추후 어떤 방식으로든 이용할 수 있을지도 모르기 때문이었다.

풍천이 남은 차를 비우고는 일어섰다.

"공격 시점이 정해졌으니 이만 일어나 보겠소. 서두른다고 쉬지를 못했더니 꽤 피곤해서…… 그럼."

"태합."

"더 하실 말씀이라도……."

나백이 눈빛을 가라앉히며 말을 이었다.

"서문회를 완전히 믿지는 마시오. 이 말이 무슨 뜻을 담고 있는지는 태합도 알고 있을 거라 믿겠소."

"참고하겠소."

잠시 후 풍천은 측근들과 함께 군영으로 향했다.

풍패가 물었다.

"대궁주와 서문 공…… 괜찮겠습니까?"

"걱정할 거 없다. 당장은 두 사람 다 이연후라는 공동의 적에 맞서 싸워야 하니 전쟁이 끝나기 전까지는 아무 일도 벌어지지 않을 것이다."

"전쟁이 끝나면 서문 공과의 약속을 지키실 겁니까?"

"말하지 않았느냐. 전쟁에서 살아남으면 그때 생각해 보겠다고."

"……."

풍패는 섭섭했다. 지난 실패 이후 풍천은 그를 대하는 태도가 달라졌을 뿐만 아니라, 속내 또한 결코 드러내는 법이 없었다.

지금껏 그러한 적이 없었기에 섭섭함은 배가될 수밖에 없었다.

"복잡한 얘기는 그만하고 어서 가자꾸나."

"……예."

* * *

철혈가가 바쁘게 돌아갔다.

쿵쿵쿵!

수많은 무사가 달려들어 담장 위쪽에 대나무 목책을 세우는 작업에 여념이 없었다.

누구보다 바쁜 사람은 송영이었다.

방패의 내구성을 보강하는 작업은 생각처럼 쉬운 게 아니었다. 기존의 장인들에 무사들까지 달려들었지만 하루에 제작할 수 있는 개수는 백 개를 채 넘지 못했다.

땅땅땅!

송영은 직접 담금질을 하며 구슬땀을 흘렸다.

일을 할 때는 완벽을 추구하는 성격인 까닭에 그가 작업을 할 땐 누구도 가까이 가지 않았다.

투두둑!

치이익!

떨어진 땀이 달궈진 쇠로 떨어지며 수증기가 피어올랐다. 시야를 가리는 수증기 너머로 한 사람이 다가왔다.

연후였다.

"잘되어 가고 있나?"

"최선을 다하고는 있는데…… 하루에 백 개 이상은 힘들 것 같습니다. 일단 현재까지 이백 개를 완성하긴 했습니다. 한번 보시겠습니까?"

"그러지."

송영은 완성된 방패를 가져와 연후에게 내밀었다.

연후는 방패의 전면에 손바닥을 갖다 대고는 공력을 끌어올렸다. 뒤이어 쩍 하는 소리와 함께 방패가 수직으로 쪼개졌다.

연후의 미간에 주름이 잡혔다.

"이게 최선이냐?"

"당연히 적의 신무기보다 주군의 발경이 더 강하지 않겠습니까? 이 이상은 불가능합니다."

"……."

철그럭!

연후는 방패를 내려놓으며 송영의 어깨를 다독거려 주었다.

"수고해."

"예."

돌아서려는 연후를 잡았다.

"드릴 것이 있으니 조금만 기다려 주십시오."

송영이 대장간 구석으로 달려가더니 빛이 반짝이는 뭔가를 들고 돌아왔다.

"이게 뭐지?"

"이전부터 틈틈이 보의를 만들고 있었는데 오늘 아침에 완성이 되어서요. 장담하는데 방패보다 내구성이 더 뛰어날 겁니다."

"그래?"

"믿어 주십시오."

"내 건가?"

"아뇨. 동방가주님을 드리려고 만든 겁니다."

"……그래. 아주 좋아하겠군."

연후는 다시 한번 송영의 어깨를 다독거려 주고는 대장간을 나섰다.

잠시 후 그가 향한 곳은 정문 너머였다.

그곳에서도 수많은 무사가 현진의 지시 아래 기관을 손보느라 여념이 없었다.

현진이 연후를 맞았다.

"오셨습니까?"

"잘되어 가나?"

"예. 다행히 동영이 예상보다 늦게 도착해 주는 바람에 두 개의 기관을 더 만들 수 있을 것 같습니다."

"위력은?"

"이전 것보다 더 강력할 거라 자신합니다."

"결국은 이전처럼 적이 좌우측 산이 아닌 이곳으로 공격을 해 오게 만드는 것이 관건이 되겠군."

"그렇습니다."

연후는 시선을 들어 좌우측 산을 응시했다.

"한 번 호되게 당해 봤으니 반드시 파훼법을 들고 공격을 해 올 터. 하니 우리는 그 이상을 해 둬야 한다."

"하지만 시간이 너무 촉박한지라……."

"시간을 벌어 보마."

"기습이라도 하실 겁니까?"

"뭐라도 해 봐야지."

"병력의 분산은 자칫 큰 화로 이어질 수 있습니다, 주군."

연후는 웃으며 현진의 어깨에 손을 얹었다.

척!

"걱정 마라. 알아서 잘할 테니까."

* * *

"불을 지른다고? 어이가 없군."

풍천은 나백으로부터 전해 들은 이것저것을 떠올리며 실소를 머금었다.

서문회가 말했다.

"조심해야 할 것은 화공만이 아니오. 아시다시피 북부 무림에는 독왕이 있소. 이렇게 한곳에 모여 있다가는 참극이 벌어질 수도 있소."

"흠……."

풍천도 그것을 고민하고 있었다. 이미 오면서 독에 의해 큰 피해를 입었던 까닭에 그의 고민은 매우 컸다.

"공의 생각은 어떠하시오?"

"총공격에 나서기 전까지는 병력을 분산시켜 적의 기습에 대비해야지 않겠소? 이연후, 놈은 가만히 앉아서 기다리지 않고 반드시 먼저 움직일 것이오. 지금껏 그래 왔으니까."

풍천은 묵묵히 고개를 끄덕였다.

그때 풍패가 조심스럽게 말하고 나섰다.

"반대로 병력을 분산시키면 적의 기습에 각개격파를 당할 수도 있습니다. 또한 적의 기습을 피하려 산 이곳저곳에 병력을 배치해 둔다면, 북해빙궁과 마찬가지로 화공에 당할 가능성 또한 배제할 수 없을 것입니다."

"그래. 그 말도 일리가 있구나."

서문회가 다시 나섰다.

"북해빙궁은 설마 놈들이 화공을 가할 것이라곤 예상치 못하여 큰 피해를 입었으나, 우리는 사전에 놈들이 그런 전략까지 꺼내 들 수도 있음을 알고 있으니 미리 대처를 해 두면 그만이오."

확실히 이 또한 틀린 말이 아니었다.

서문회와 풍패의 의견은 둘 다 일리가 있었기에 풍천은 고민에 잠길 수밖에 없었다.

서문회가 한마디 더 했다.

"그리고 이연후가 기습에 나서더라도 결코 많은 수의 병력을 움직이진 않을 것이오. 분명 어제처럼 소수로 움직일 터. 산 곳곳에 병력을 분산시켜 둔다면 놈들이 빠져나가지 못하게 포위를 하기에도 용이할뿐더러, 설령 놈

들의 기습을 막아 내지 못한다 하더라도 소수의 피해만
으로 끝낼 수 있는 일 아니겠소?"
"알겠소. 공의 뜻대로 하리다!"
"전하!"
"이미 결정했으니 따르라!"
풍천의 단호한 목소리에 풍패는 입을 다물 수밖에 없
었다. 더 이상 자신이 무어라 진언한들 풍천이 듣지 않을
것임을 깨달은 탓이었다.
풍패는 서문회를 한 차례 노려보고는 자신의 자리로 돌
아갔다.

* * *

오늘따라 달빛이 더 밝게 느껴졌다.
연후는 달빛이 내려앉은 숲을 타고 동영의 군영을 향해
움직였다. 함께하는 이들은 백무영과 악소, 그리고 서백
이었다.
연후는 이번에도 감당해야 할 범위가 넓을 수밖에 없는
대군의 약점을 철저히 이용할 생각이었다.
그러자면 기동력이 중요했고, 셋만 대동하고 나선 것은
바로 그러한 이유 때문이었다.
모두가 활을 갖고 나섰다. 최대한 거리를 두고 기습을

하려면 활만큼 좋은 것이 없었다.
 얼마를 이동했을까?
 산의 정상에 오르니 동영의 군영이 보였다.
 횃불이 밝힌 군영은 마치 하나의 거대한 꽃처럼 보였고, 워낙에 대군이었던 까닭에 그 끝이 보이지 않을 정도였다.
 연후는 하늘을 살폈다. 마침 적진 우측 상공에 독수리 한 마리가 유유히 선회하며 모습을 드러냈다.
 서문회에게 붙여 놓은 독수리였다.
 '역시 직접 나섰군.'
 연후는 모두에게 주의를 줬다.
 "독수리의 위치를 확인해 가면서 움직이도록 해."
 "알겠습니다."
 "예."
 "여기서 흩어진다."
 "나중에 뵙겠습니다."
 셋이 각각의 방향으로 사라졌다.
 연후는 적 군영의 중심부와 가까운 곳을 향해 이동했다.
 가까워질수록 숲 곳곳에서 날카로운 기운이 감지되었다. 연후는 살수공을 이용해 매복지 한가운데를 뚫고 지나갔다.
 하지만 그 시간이 제법 걸렸다. 매복이 이중, 삼중으로 깔려 있었던 까닭이다.

 물론 그 누구도 연후를 발견하지는 못했다. 그의 살수공은 작정하고 펼치면 철우와 비교해도 손색이 없는 수준에 올라 있었다.

 잠시 후 화살의 사정거리 안쪽까지 접근을 한 연후는 시위에 화살을 얹고는 대기했다.

 첫 공격은 서백의 몫이었다.

 그때였다. 적진 한복판에서 폭음과 함께 불꽃이 일었다.

 쾅!

 화르륵!

 서백의 공격이 시작된 것이다.

 난데없는 폭발에 막사 곳곳에서 적들이 뛰쳐나왔다.

 콰콰쾅!

 이번에는 세 발이 연속적으로 날아들었다. 화염에 휩싸인 막사로 인해 주변이 대낮처럼 밝아지며 적의 움직임이 적나라하게 드러났다.

 '혼란 속의 독이 더 큰 위력을 발휘하는 법.'

 끼끼끼…….

 타앙!

 독탄이 달린 화살이 적진을 향해 날아갔다.

 쐐애액!

 퍼펑!

"크악!"

"으아악!"

"독이다!"

비명이 빨리 터졌다.

이전의 독보다 훨씬 빠른 속도였다.

비록 미완성이지만 이전 것들보다 훨씬 빨리 적을 쓰러뜨릴 것이라 자신합니다.

연후는 육손의 목소리를 떠올리며 흐릿하게 웃었다.

'녀석, 이번에도 큰 걸 해냈구나.'

끼끼기……

타앙!

쐐애액!

연후는 두 발을 동시에 날리는 식으로 사정거리가 미치는 곳곳으로 마구 쏘아 댔다.

퍼퍼펑!

동시에 곳곳에서 화염이 솟구쳤다.

콰콰쾅!

'벌써 다 떨어지다니…….'

화살이 모두 떨어진 것을 확인한 연후가 일어서려고 할 때였다.

날카로운 기운이 뒤에서부터 날아들었다.

연후는 팽이처럼 돌아서며 수중의 활을 휘둘렀다. 시위를 통해 전해지는 짜릿한 손맛.

퍽!

잘린 머리가 하늘로 솟구쳤다.

"적이다!"

"쳐라!"

폭음에 매복을 풀고 내려오던 적들이 그와 마주쳤다.

우우웅!

우거진 숲에서 혈마번은 위력이 현저하게 떨어지기 마련. 연후는 활을 어깨에 두르고는 마병 월아를 꺼냈다.

철컥철컥!

송영의 손길이 더해지면서 이전보다 더 길고 날카롭게 변한 월아가 달빛에 반사되어 새파란 빛을 뿜었다.

"고작 이 정도밖에 없다는 것이 아쉽군."

씨익.

* * *

콰콰쾅!

화르륵!

폭음과 함께 솟구치는 화염이 서문회의 동공에 그대로

반사되었다.

'이곳으로 왔으면 좋았을 것을…….'

스르릉!

서문회는 검을 뽑으며 화살이 날아드는 궤적을 좇아 시선을 돌렸다. 그가 있는 곳에서 백 장 정도 떨어진 곳이었다.

"저곳으로 간다!"

쾅!

서문회가 땅을 박차고 뛰어오르자 백여 명의 인자가 그를 쫓아 일제히 몸을 날렸다.

파파팟!

그가 지나간 곳에서 잘린 나뭇가지들이 마구 솟구쳐 올랐다.

서문회는 아예 숲 위쪽으로 올라가 전력을 다해 달렸다. 인간의 능력을 초월한 그의 경공술은 상상을 불허할 정도로 빨랐다.

우우웅!

서문회의 검이 혈광을 일으키더니 그대로 숲 너머를 향해 날아갔다.

쐐애액!

콰쾅!

폭음의 여운이 가시기도 전에 서문회는 숲을 넘어갔다.

자욱하게 치솟는 연기와 수풀들, 서문회는 그 뒤를 향해 일검을 날렸다.

번쩍!

콰직!

나무 한 그루가 뒤로 넘어갔다.

파르르…….

'이런…….'

서문회는 눈빛을 떨었다. 아무도 없었던 탓이다.

그때였다.

쐐애액!

콰콰쾅!

또다시 화살이 날아들었다. 돌아보니 뒤쪽으로 백여 장쯤 떨어진 곳이었다.

서문회는 즉각 그곳을 향해 몸을 날렸다.

막 현장에 다다랐던 인자들이 다시 그를 쫓아 몸을 날렸다.

* * *

"영감탱이가 더럽게 빠르네."

서백은 다가오는 독수리를 응시하며 코끝을 찡그렸다. 그러고는 재빨리 다른 곳으로 이동했다.

그가 자리를 뜨고 얼마 지나지 않아 서문회가 떨어져 내렸다.

"빌어먹을!"

쾅!

이번에도 허탕을 친 서문회가 발로 땅을 굴렀다.

휘리릭!

인자들이 떨어져 내렸다. 강한 자들이 기습을 해 올 거라 예상하고 추려서 추린 고수들이라 그들의 경공술도 하나같이 뛰어났다.

그들 중 하나가 서문회를 향해 말했다.

"아무래도 저 독수리가 이상합니다. 아까부터 계속 우리의 동선을 따라오고 있습니다."

서문회는 시선을 들어 독수리를 올려다봤다.

이전부터 신경에 거슬렸던 독수리였다. 하지만 무엇으로도 공격을 할 수 없는 사정거리 밖을 날아다니고 있어서 어떻게 할 도리가 없었다.

'설마 독수리를 이용해 우리의 위치를 확인하고 있다는 것인가?'

그때였다.

퍼퍼펑!

"크악!"

"독이다!"

"크아악!"

군영 쪽에서 처절한 비명이 난무하기 시작했다.

돌아간 서문회의 눈에 군영으로 날아드는 화살이 보였다. 그가 있는 곳에서 반대편이었다.

바르르…….

서문회의 얼굴이 가는 경련을 일으켰다.

'다른 곳에는 독수리가 없다. 하면 오직 나와 이놈들만 쫓아다닌다는 것인데…….'

* * *

악소와 백무영은 각각 적진 후방으로 향했다.

그들이 노리는 것은 사람이 아니라 전마였다. 이전에도 적의 전마를 날뛰게 하면서 대승을 거둔 적이 있었던 터라 이번에도 제발 좋은 결과가 있기를 바랐다.

"전마들을 군영 쪽으로 몰려면 뒤쪽에서 공격해야 하오."

"그럼 내가 뒤쪽으로 갈 테니 자네는 좌측을 맡게."

"알겠소."

"나중에 보자고."

백무영이 어둠 속으로 몸을 날렸다.

악소는 사라지는 백무영의 뒷모습을 지켜보다가 적진

을 바라봤다.

 곳곳에서 화염이 치솟고 있었다. 화염 너머로 혼비백산하여 움직이는 적들도 적나라하게 보였다.

 "북천으로 올라온 것을 뼈저리게 후회하도록 만들어 주마."

* * *

 풍천이 막사 밖으로 나섰다.

 활활 타오르는 불길이 그의 얼굴을 붉게 변화시켰다.

 "매복이 뚫렸단 말인가?"

 "피해가 너무 큽니다, 전하!"

 풍패의 그 말에 풍천은 서문회가 있는 곳으로 시선을 돌렸다.

 실룩.

 풍천의 눈가가 꿈틀거렸다.

 풍패가 말했다.

 "최초 화살이 날아든 곳이 저쪽이었습니다."

 "하면 곧 서문 공이 처리를 하겠군."

 "하지만 그 근처에서 장소를 바꿔 가며 계속 화살이 날아들었습니다."

 "……."

그때였다.

두두두!

지축이 흔들리기 시작했다. 뭔가를 느낀 풍천이 두 눈을 부릅뜨며 군영 후방을 돌아봤다.

"저건……."

두두두!

히히힝!

콰지직!

전마들이 군영으로 뛰어들고 있었다.

"아군의 전마들입니다!"

"대체 이게……."

콰지직!

"으악!"

"크아악!"

"전마가 날뛰고 있다! 피해라!"

수만에 달하는 전마가 미쳐 날뛰면서 군영 후방이 대혼란 속으로 빠져들었다.

더 큰 문제는 점점 더 군영 중심지로 달려오고 있다는 점이었다.

바르르…….

풍천의 얼굴이 경련을 일으켰다.

꽉 쥐어진 주먹은 금방이라도 부러질 것처럼 팽팽하게

부풀어 올랐다. 한껏 치뜬 두 눈도 핏줄이 터져 붉게 물들어 갔다.

으드득!

"알고서도 막지 못하다니……."

* * *

인자들을 맞아 홀로 싸워 가던 연후는 어느 시점에 이르러 자리를 떴다.

인자들이 뒤를 쫓았지만 소용이 없었다.

잠시 후 연후는 기암괴석이 병풍처럼 솟아 있는 곳에서 백무영 등을 기다렸다.

가장 먼저 서백이 돌아왔고, 연후는 그의 상태부터 살폈다.

서백이 씩 웃으며 말했다.

"독수리 덕분에 서문회를 쉽게 따돌릴 수 있었습니다. 그 영감탱이, 아마 지금쯤 씩씩거리고 있을 겁니다. 한데 왜 이쯤에서 멈추라고 하신 겁니까?"

"우리의 목적은 시간을 끄는 것. 하니 적이 수습할 여지는 남겨 둬야 한다. 여기서 더 큰 피해를 입히면 홧김에 바로 공격에 나설 수도 있으니까."

"아……."

사실 연후는 기습 작전을 감행하기 전에 어느 정도까지 공격을 해야 할지를 미리 정해 두었다. 화살의 양도 그에 딱 맞춰서 가져왔다.

도발의 정도가 너무 심해지면 풍천의 분노가 엉뚱한 결과로 이어질 수 있음을 감안한 것이다.

휘리릭!

백무영과 악소가 돌아왔다.

둘의 전신이 피로 흥건했다. 돌아오는 길에 한바탕 격전을 치른 까닭이었다.

"괜찮나?"

"예, 괜찮습니다."

연후는 둘의 무사함을 확인하고는 돌아섰다.

"돌아간다."

* * *

"공격이 그쳤습니다."

한 인자의 말에 서문회는 입술을 깨물었다.

기습을 확신하고 사전에 철저히 준비했건만 꽁무니만 쫓다가 끝나고 말았다.

그는 아수라장으로 변해 버린 동영의 군영을 응시하며 두 눈을 질끈 감았다가 떴다.

'제대로 당했구나.'

"후욱!"

크게 심호흡을 한 서문회는 군영을 향해 몸을 날렸다. 날뛰는 전마로 인해 아수라장이 되어 있었지만 무사들이 달려들면서 상황은 빠르게 진정되어 가고 있었다.

서문회는 풍천을 찾았다.

풍천은 자신의 막사 앞에 나와 있었다. 서문회를 바라보는 풍천의 눈빛이 싸늘하기 짝이 없었다.

"한 놈이라도 잡았소?"

"……면목이 없소."

"미리 매복까지 깔아 줬는데도 단 한 놈도 잡지 못하다니…… 이 정도밖에 안 되는 사람이었소?"

서문회는 할 말이 없었다. 독수리 때문에 사전에 위치가 드러난 것 같다는 말이 목구멍까지 올라왔지만 눌러 참았다. 오히려 역효과를 낼 수도 있었기 때문이다.

그때 서문회의 뒤에 서 있던 한 인자가 조심스럽게 입을 열었다.

"저 독수리가 아무래도 이상합니다."

"뭐라?"

"독수리가 처음부터 끝까지 저희를 쫓아다녔습니다. 또한 상대는 이상하리만큼 저희보다 한발 앞서 움직였습니다. 마치 저희가 움직임을 미리 알고 있기라도 한 것처럼 말입니다."

풍천이 고개를 들어 하늘을 쳐다볼 때였다. 뒤에 서 있던 풍패가 앞으로 나서며 검을 뽑았다.

서걱!

잘린 머리가 땅으로 떨어졌다.

"감히 전하 앞에서 같잖은 변명을 늘어놓다니."

자신이 하고 싶었던 말을 대신해 준 인자에게 내심 고마움을 느끼던 서문회는 풍패의 예상치 못한 행동에 미간을 좁혔다.

'이놈…… 끝까지 내게 대적하려 하는구나.'

서문회는 알고 있었다. 풍패가 자신을 매우 못마땅하게 여긴다는 사실을.

보나 마나 자신 때문에 작아진 입지 때문이리라.

풍천이 풍패를 향해 싸늘히 말했다.

"감히 내 앞에서 함부로 검을 쓰다니……."

"감히 용서를 구해도 시원찮을 판에 되레 변명을 하는 것이 괘씸하여……. 죄송합니다."

"물러서라!"

"예."

풍패는 뒤로 물러서면서 서문회를 응시했다. 둘의 시선이 허공을 격하고 얽혀들었다.

여기서 서문회는 참지 않았다.

[성은을 바라는 후궁처럼 굴지 마라, 애송이.]

파르르…….

풍패의 두 눈이 노기를 담고 가늘게 흔들렸다. 서문회는 풍패의 시선을 외면하고 풍천을 향해 말했다.

"오늘의 이 실패는 추후 몇 배로 갚아 드리겠소."

"반드시 그래야 할 것이오."

풍천이 돌아섰다.

서문회는 풍천의 뒤통수를 응시하며 내심 안도했다.

'이자의 믿음을 끝까지 이어 가려면 확실한 뭔가를 보여 줘야 한다.'

서문회는 시선을 들어 하늘을 쳐다봤다.

독수리는 여전히 그의 머리 위를 유유히 날아다니고 있었다.

'정말 저 독수리가 나의 동선을 알리는 역할을 하고 있다면, 전투가 시작되기 전에 무슨 수를 써서라도 저 독수리부터 제거해야 한다.'

끼아악!

* * *

부궁주 추광은 시간이 흐를수록 불안했다.

'정녕 나를 버리겠다는 것인가?'

쉽게 용서받을 수 있으리라고는 생각지도 않았다.

그러나 추광은 문제없다고 여겼다. 단 한 번의 기회만 주어져도 만회할 수 있으리라 생각했기 때문이었다.

그러나 나백은 그에게 다시는 기회를 줄 생각이 없어 보였다.

쾅!

"그토록 헌신했건만 한 번의 패전을 이유로 헌신짝처럼 버리겠다니……."

탁자가 반으로 쪼개졌다.

한 번 폭발한 감정은 나백을 향한 걷잡을 수 없는 원성으로 이어졌다.

그때 도종이 들어섰다. 그는 반으로 쪼개진 탁자를 힐끗 쳐다보고는 조심스럽게 입을 열었다.

"그만 노기를 가라앉히십시오."

"어찌하면 좋겠느냐?"

"그게 무슨……."

"대궁주께서 진정 나를 버리겠다 하시면 그땐 어찌하면 좋겠느냐."

도종은 추광의 눈빛을 살폈다.

'지금이 아니면 기회는 없다!'

추광의 두 눈에 가득 어려 있는 진득한 분노를 알아차린 도종은 조용히 말을 이었다.

"여쭈시니 말씀드리겠습니다. 송구하지만 지금껏 대궁주께서 부궁주를 찾지 않았다는 것은 이미 마음이 떠난 것이라 할 수 있습니다. 아시다시피 대궁주께서는 지난날 군사를 잃은 이후부터 사람을 잘 믿지 못하셨습니다."

"놈! 서두가 길다!"

"……."

도종은 숨을 고르고는 바로 말했다.

"두 가지 길이 있습니다. 하나는 아무도 모르는 곳으로 떠나 목숨을 보전하는 것이고, 다른 하나는…… 철혈가에 투항하는 것입니다."

"지금 투항이라고 하였느냐?"

꿈틀.

추광의 눈썹이 칼날처럼 휘어졌다. 하지만 금방이라도 노호성을 터트릴 것처럼 하던 그가 이내 눈빛을 가라앉히며 물었다.

"철혈가주는 투항을 받아 주지 않는 자다. 하면 차라리 이곳을 빠져나가 북해로 돌아간 다음……."

차마 할 수가 없는 말일까?

추광이 말끝을 흐렸다.

"아군이 패하기를 바라시겠습니까? 아군이 패하고 대궁주가 전사한다면 새롭게 시작할 기회는 충분할 것입니다."

꽈악!

추광이 입술을 질끈 깨물었다. 자신이 차마 꺼내지 못한 말이었다.

도종이 말을 이었다.

"그렇다면 더더욱 철혈가에 투항하여야 합니다."

"어째서!"

도종이 눈빛을 가라앉히며 목소리를 낮췄다.

"지금부터 속하가 하는 말을 잘 기억해 두십시오."

* * *

"간밤에 동영 군영에서 한바탕 난리가 일어났다고 합니다."

측근의 그 말에 나백이 미간을 좁히며 물었다.

"철혈가가 기습이라도 했단 말이냐?"

"그런 것 같습니다. 공격의 규모가 크지는 않았는데, 독 때문에 제법 큰 피해가 발생했다고 합니다."

"독이라……."

나백의 미간에 굵은 주름이 잡혔다. 이제는 독이라는 말만 들어도 온몸에서 두드러기가 올라올 지경이었다.

그때였다.

"대궁주, 동영에서 사신이 찾아왔습니다."

"병력이 오고 있는 것이 아니라 사신이 찾아왔단 말이냐?"

"예."

"공격 시점이 얼마 남지도 않았는데 사신은 무슨……. 데려오너라!"

잠시 후 동영의 사신이 나백의 앞에 섰다. 그가 머리를 조아리며 말했다.

"본 동영의 태합 전하께서 공격 시점을 두 시진만 미루고자 하십니다."

꿈틀.

"뭐라?"

화아악!

"전쟁이 무슨 애들 장난인 줄 아느냐! 시간에 맞춰 모든 준비를 마쳤거늘, 두 시진이나 미루자니!"

나백의 전신에서 가공할 마기가 뿜어졌다. 마기를 감당하지 못한 동영의 사신은 이내 안색이 창백하게 변해 갔다.

나백의 측근이 물었다.

"간밤의 기습 때문이오?"

"그, 그렇습니다. 인명 피해는 미미하나, 전마가 놀라 날뛰며 군영을 헤집은 탓에 재정비에 시간이 다소 소요되었습니다."

사신은 다시 나백을 향해 깊숙이 머리를 조아렸다.
나백은 화가 머리끝까지 치밀었지만 어쩔 수가 없는 상황이라 애써 꾹꾹 눌러 참았다.
"돌아가서 최대한 서두르라 전하거라!"
"알겠습니다. 하면 이만 물러가 보겠습니다."
나백은 멀어져 가는 사신의 뒷모습을 노려보며 수염을 바르르 떨었다.
"미개하기 짝이 없는 종자들 같으니……."
그때였다.
"대궁주!"
무사 한 명이 황급히 뛰어왔다.
나백의 측근이 미간을 좁히며 물었다.
"무슨 일인데 감히 대궁주 앞에서 호들갑을 떠는 것이냐!"
"부궁주가…… 부궁주가 사라졌습니다!"

* * *

연후의 거처로 악소가 들어섰다.
"동영이 아직 빙궁과 합류하지 못했다고 합니다. 간밤의 작전이 제대로 통한 것 같습니다."
연후는 묵묵히 고개를 끄덕였다.

'기껏해야 반나절의 시간을 번 것이지만, 그 시간이 어떤 변수를 낳을지는 아무도 모른다.'

찻잔을 내려놓고 일어선 연후는 창가로 걸어가 창문을 열어젖혔다.

여전히 세가 곳곳에서 무사들이 분주하게 움직이고 있었고, 대장간에서 흘러나오는 담금질 소리가 귓속을 울렸다.

'지원 병력이 도착하려면 최소 나흘은 더 있어야 한다. 그때까지 버티되 피해를 최소화해야 한다.'

이 전쟁을 이기는 것만이 능사는 아니었다. 북천의 전력을 최대한 보전해야 전쟁 이후에 몰아닥칠 수도 있을 혼란을 피할 수 있었다.

바로 그러한 점 때문에 선제공격이 아닌 방어에 중점을 둔 전략을 세운 것이다.

연후는 정문 쪽으로 시선을 옮겼다. 그러다가 슬며시 미간을 좁혔다.

한 사람이 무사들과 함께 정문을 넘어서고 있었다.

'빙궁에서 사자라도 보낸 건가?'

틀림없는 북해빙궁의 복장이었다.

"제가 나가 보겠습니다."

"됐어. 이리로 오고 있잖아."

잠시 후 무사가 연후를 향해 머리를 조아리며 말했다.

"이자가 주군을 뵙기를 청하고 있습니다."
연후는 빙궁의 인물을 응시했다.
그가 연후를 향해 머리를 조아렸다.
"북해빙궁의 도종이 대지존을 뵙습니다."
"너희 대궁주가 보냈느냐?"
"아닙니다. 투항을 하고자 하시는 부궁주의 뜻을 전하고자 찾아뵈었습니다."

* * *

추광은 대전각으로 들어서면서 연신 심호흡을 했다.
지금 그의 심정은 호랑이의 입속으로 스스로 걸어 들어가는 기분이었다.
도종이 전음을 보냈다.
[마음을 굳건히 하십시오.]
추광은 한 번 더 심호흡을 하고는 걸음걸이를 빨리하여 안내하는 무사의 뒤를 쫓았다.
잠시 후 추광은 연후의 거처로 들어섰다. 안에는 연후와 신휘가 앉아 있었다.
쿵, 쿵, 쿵!
두 사람을 보려니 심장이 요동쳤다. 안색도 붉은 기운이 돌았다.

그건 어쩔 수 없는 본능적인 반응이었다. 감히 누가 연후와 신휘 앞에서 평정심을 유지할 수 있을까.

하물며 자신은 불과 얼마 전에 북천과 생사의 결전을 벌였지 않은가.

신휘가 한마디 했다.

"용케 살아 있었군."

최후의 순간에 간신히 신휘의 손길에서 벗어날 수 있었던 추광으로서는 심장에 비수가 꽂히는 기분이었다.

연후가 턱을 들어 맞은편 자리를 가리켰다.

"앉으시오."

"……감사합니다."

추광이 자리에 앉았다. 도종은 그 뒤에 시립했다.

연후는 추광을 직시하며 무심히 말했다.

"바로 본론으로 들어가지. 그래, 우리게 전할 빙궁의 기밀이 뭐요?"

"하면…… 말씀 올리겠습니다."

추광은 자신이 알고 있는 기밀을 털어놓기 시작했고, 연후와 신휘는 의자에 깊숙이 몸을 묻은 채로 묵묵히 귀를 기울였다.

한편 도종은 연후와 신휘를 번갈아 응시하며 자신도 모르게 마른침을 삼켰다.

'분위기만으로 이렇게 압도되다니…….'

그때, 추광의 목덜미에 맺혀 있는 식은땀이 도종의 시야에 들어왔다.
'떨고 계신다!'

6장
최후의 전쟁(1)

최후의 전쟁(1)

철혈가의 모처.

추광은 창을 통해 철혈가의 곳곳을 살폈다.

과거 자신과 자신이 이끌었던 부대와의 전투로 인해 곳곳에 남아 있는 상흔을 보고 있자니 기분이 착잡했다.

그때 성공했더라면?

'빌어먹을……'

도종이 다가왔다.

"이제부터는 북해로 돌아갔을 때 무엇을 어떻게 할 것인지, 그것만 생각하십시오."

"너는 철혈가가 이 전쟁을 이길 수 있을 거라 보느냐?"

"솔직히 말씀드리면 이곳으로 오기 전에는 삼 할 정도로 보았습니다. 하지만 철혈가주와 혈왕을 만나고 철혈가의 내부를 보고 나서는…… 팔 할 이상으로 보고 있습니다."

"어째서?"

"밖에서 볼 때는 미처 몰랐는데, 막상 들어와서 살펴보니 정말 철옹성과 같은 곳입니다. 작정하고 빗장을 걸어 잠그면 제아무리 대궁주와 풍천이 손을 잡았더라도 쉽사리 무너뜨리지 못할 겁니다."

추광이 묵묵히 고개를 끄덕였다.

"시간이 길어질수록 유리한 쪽은 철혈가가 될 테지. 곧 중원 곳곳에서 병력들이 몰려올 테니까."

"그렇습니다."

도종이 말을 이었다.

"담장 위에 목책을 세워 높인 것을 보면 철혈가주는 그러한 상황을 노리고 장기전을 염두에 두고 있음이 틀림없습니다."

"흠."

추광은 눈빛을 가라앉히며 정문 쪽을 바라봤다. 그러다가 정문 좌우에 거대한 석차가 늘어선 것을 보고는 미간을 좁혔다.

"저것이었군. 아군을 그토록 괴롭혔던 석차가……."

"저 옆에 잔뜩 쌓아 둔 것은 뭘까요?"

도종이 석차 주변에 산더미처럼 쌓여 있는 항아리처럼

생긴 것들을 가리켰다.

"석차 주변에 쌓아 둔 것을 보면 석차를 이용해 날릴 모양인데……. 이상하군. 당연히 있어야 할 돌덩이는 거의 보이지가 않고 어째 저것만 저렇게 많은 거지?"

그때였다. 추광이 입을 다물며 눈빛을 발했다.

한 사람이 다가오고 있었다. 호랑이처럼 생긴 외모에 거대한 대도를 어깨에 짊어진 거구의 사내, 악마도 백운이었다.

'악마도…….'

[저자가 왜 오는 걸까요?]

[글쎄다.]

"어이, 거기!"

백운의 걸쭉한 목소리에 도종은 조심스럽게 창문을 열어젖혔다.

"무슨…… 일입니까?"

"둘 다 나하고 좀 같이 갈 데가 있으니 냉큼 내려와."

"……!"

도종이 추광을 돌아봤다. 추광의 두 눈에 긴장의 빛이 역력했다.

사실 지금 그가 가장 두려워하고 있는 것은 연후의 변심이었다. 모든 기밀을 털어놓았으니 더는 필요가 없다고 여겨 자신을 죽이면 어쩌나 하는 불안감이 한시도 머릿속을 떠나지 않고 있었다.

"변심을 한 건 아니겠지?"

"걱정 마십시오. 설마하니 중원무림의 대지존이 한 입으로 두말하지는 않을 것입니다."

도종은 그렇게 말을 하고는 백운을 돌아보며 나지막이 외쳤다.

"잠시만 기다려 주시지요. 곧 내려가겠습니다."

"미적대지 말고 서둘러라."

"……예."

* * *

추광과 도종은 백운의 뒤를 따라 어디론가 향했다.

가면서 백운이 한마디 했다.

"행동 하나, 말 한 마디도 조심하는 게 좋을 거야. 여기…… 널 죽이고 싶어서 안달 난 녀석들이 한둘이 아니니까."

"……."

얼마나 걸었을까?

추광과 도종은 철혈가의 동문 위에 오연히 서서 바람에 몸을 맡긴 채 서 있는 한 사람의 뒷모습을 볼 수 있었다.

백운이 그를 향해 머리를 숙였다.

"군사, 데려왔습니다."

현진이었다. 그가 천천히 돌아섰다.

"올라오시오."

추광과 도종은 즉시 현진의 곁으로 올라섰다. 백운이 그 뒤에 우뚝 섰다.

"빙궁 진영에 자폭을 하는 자들이 오백여 명에 달한다고 들었는데…… 사실이오?"

"내가 알기로는 그렇소."

"혹시 그들의 약점을 알고 계시오?"

"공격에 나서기 전에 이지를 제압하기 때문에 어떤 두려움도 느끼지 못하니, 약점이 존재하지 않는 놈들이라고 할 수 있소."

그 말에 현진이 추광을 돌아봤다.

추광은 현진의 두 눈을 보다가 빨려 들어갈 것 같은 느낌이 들자 자신도 모르게 슬며시 시선을 내렸다.

현진이 물었다.

"방금 공격에 나서기 전에 이지를 제압한다고 했소?"

"그렇소."

"하면 그 전까지는 정신이 멀쩡하다는 것이오?"

"그렇소. 다만 정신이 멀쩡할 땐 만약의 사태에 대비해 제압을 해 두는 편이오. 다들 강제로 끌려온 노예들이라 몇 번에 걸쳐 불상사가 벌어지곤 했었소."

"흠…… 그래요?"

현진의 두 눈이 반짝 빛을 발했다. 그가 다른 것을 물었다.

"나백의 약점은 무엇이오?"

"성질이 급하고 사람을 잘 믿지 않는다는 것을 제외하면 그자 역시 약점이 없다고 봐야 할 거요. 조심하시오. 그는 아직까지 단 한 번도 자신의 전력을 드러낸 적이 없소. 이건 지난날의 전쟁에서도 마찬가지였소."

진심이 묻어나는 어조였다. 그만큼 나백에 대한 원망이 컸던 것이다.

"하나 해 줘야 할 것이 있소."

"우리가…… 말이오?"

현진이 묵묵히 고개를 끄덕이고는 남쪽을 향해 시선을 돌렸다.

"전투가 시작되면 함께 싸워 주시오. 빙궁의 모두가 볼 수 있는 곳에서."

"……!"

현진이 추광을 돌아보며 흐릿하게 웃었다.

"염려 마시오. 당신의 안전은 내가 보장하겠소."

"……."

추광이 아무 말을 못하자 백운의 거친 목소리가 흘러들었다.

"싫어?"

도종이 재빨리 추광에게 전음을 날렸다.

[아군의…… 아니, 빙궁의 사기를 떨어뜨리기 위한 계책인 것 같습니다. 궁내에는 여전히 부궁주를 추종하는 무사들이 제법 많으니, 부궁주께서 투항하신 것을 알게 된다면 동요가 일어나게 될 것입니다.]

바르르…….

추광은 눈빛을 떨었다. 아무리 나백을 원망해서 투항을 했다지만, 나서서 모두에게 보여 주고 싶은 생각은 추호도 없었다.

하지만 어쩌랴. 거부할 수가 없는 몸인 것을.

꽈악.

"알겠소. 대신 안전은 약속해 주시오."

"약속하겠소."

잠시 후 추광과 도종은 백운과 함께 거처로 향했다. 가면서 도종이 조심스럽게 물었다.

"저기 저 석차 옆에 쌓아 둔 것은 뭡니까?"

"기밀이니 신경 꺼."

"……."

조금 더 걸었을 때였다. 돌연 좌측에서 굉음이 터졌다.

꽝꽝꽝!

돌아보니 연후가 검으로 방패를 맹렬하게 후려치고 있

었다.

도종이 궁금함을 참지 못하고 또 물었다.

"왜 저러시는 겁니까?"

"그것도 기밀이다."

"……."

백운이 걸음을 멈췄다. 추광과 도종도 덩달아 걸음을 멈췄다.

백운이 도종을 돌아봤다.

"너…… 왜 자꾸 꼬치꼬치 캐묻는 거지?"

"그, 그냥 궁금해서 물어본 것이니 곡해는 말아 주십시오."

꿈틀.

백운의 숯덩이처럼 검은 눈썹이 날카롭게 휘어졌다.

"혹시 허튼 생각을 품을까 봐 미리 알려 주는데…… 너희 몸속에 독이 있거든? 눈 몇 번 깜박할 시간에 오장육부를 모조리 녹여 버릴 만큼 지독한 놈이다. 하니 쓸데없는 생각은 하지 않는 게 좋을 거야."

"……!"

씨익.

"물론 고분고분 잘 따르면 독이 너희를 죽이는 일은 없을 거야. 흐흐흐."

* * *

 연후는 휴지처럼 찌그러진 방패를 내려다보며 흡족한 미소를 머금었다.
 "이 정도면 충분하겠군."
 한데 연후를 쳐다보는 송영의 표정이 묘했다. 마침 그를 돌아보던 연후가 미간을 좁혔다.
 "왜 그렇게 쳐다보는 거지?"
 "그거 하나 만드는 데 다섯 명이 달려들어 두 시진이나 걸립니다. 한데 이렇게 박살을 내 버리면……."
 "……."
 악소가 피식 웃으며 말했다.
 "망치로 펴면 되지 않나?"
 "그게 쉬우면 제가 왜 이럽니까?"
 땅!
 연후가 검으로 송영의 머리를 가볍게 때렸다.
 "최대한 많이 만들도록 해."
 "……예."
 연후는 정문으로 향했다.
 마침 현진이 정문으로 향하다가 연후를 발견하고는 다가왔다. 둘은 나란히 정문으로 향했다.
 "오늘 저녁이 되기 전에 총공격이 시작될 거다. 그때까지 조금이라도 쉬어 두도록 해."
"분주하게 움직이는 것이 더 좋습니다."
"머릿속이 복잡한 모양이군."
"그렇지 않으면 그게 더 이상하지 않겠습니까. 주군은 여전히 담담하십니다."
"말했잖아. 충분히 걱정하고 있다고."
둘은 담장 위로 올라섰다.
"언제 나가십니까?"
"곧."
"조심하십시오."
"내 걱정은 말고 여기나 잘 지켜 줘."
"최선을 다하도록 하겠습니다."
그때였다.
"다녀왔습니다."
모종의 임무를 위해 철혈가를 떠났던 흑월이 올라섰다.
"소득은 좀 있었나?"
"그게…… 허탕입니다. 이번 정벌에 저와 친분이 있던 사람들은 모두 제거되거나 원정에 제외되었다고 합니다. 죄송합니다."
"어쩔 수 없지. 수고했으니 가서 좀 쉬도록 해."
"예."
연후는 거처로 돌아가는 흑월의 뒷모습을 응시하다가

불렀다.

"흑월."

"예?"

"아무래도 휴식은 곤란하겠다. 반 시진 후에 나와 함께 가야 할 곳이 있으니 허기를 채우고 곧장 운기조식으로 여독을 풀도록 해."

"알겠습니다."

연후는 다시 현진을 돌아봤다.

"부탁한다, 현진."

* * *

약당.

서백이 철우의 환부에 깨끗한 천을 두르며 물었다.

"괜찮겠습니까?"

"괜찮으니 빨리 묶기나 해."

"예."

철우는 열린 창을 통해 하늘을 바라봤다. 맑게 갠 하늘이 오늘따라 유난히 시렸다.

"곧 총공격이 시작될 테지?"

"모두가 그렇게 예상하고 있습니다. 자, 이제 됐습니다!"

철우는 어깨를 이리저리 움직여 보았다. 그러고는 침상에서 내려와 벽에 걸어 놓았던 옷을 걸치고 검을 챙겼다.

철그럭.

그때 동방리와 서령이 들어섰다.

시선이 마주치자 철우는 흐릿한 미소를 지었다.

"이제 괜찮습니다."

"그냥 있으래도 나가실 거죠?"

"예."

나지막이 한숨을 내쉰 동방리가 손에 들고 있던 자그마한 목합을 철우에게 내밀었다.

"통증이 심해질 때면 한 알씩 드세요. 도움이 될 거예요."

"감사합니다."

서령이 한마디 툭 던졌다.

"하여튼 예상을 빗나가지 않는 사람이라니까?"

철우가 쳐다보자 서령이 목합을 응시하며 심드렁하게 말을 이었다.

"이럴 줄 알고 약을 챙겨 오신 거예요."

"……"

"나갈 거면 빨리 나가 봐요. 곧 떠나실 것 같으니까."

"주군께서 말이오?"

"예."

철우가 동방리를 향해 머리를 숙였다.

"다녀오겠습니다."

"조심하세요."

"예."

철우와 서백은 재빨리 밖으로 나섰다.

동방리가 창을 통해 두 사람의 뒷모습을 응시하며 나지막한 한숨을 내쉬었다.

"하아……."

"너무 걱정 마세요. 다들 괜찮을 거예요."

동방리가 서령을 돌아봤다.

"저 때문에 남은 거예요?"

씨익.

서령이 치아를 드러내며 웃었다.

"이젠 제 호위를 받을 필요가 없으시잖아요?"

빈말이 아니었다. 동방리는 이제 서령과 거의 비슷한 수준에 올라 있었다.

"그럼 그 사람을 도와주세요."

"여기 남는 것이 돕는 것이 아닐까요?"

"……."

"제가 가주님 곁에 남아 있어야 그분도 마음 놓고 싸울 수 있을 테니까요. 가주님이 천하고수가 되어도 그분은 결코 안심할 수 없을 거예요. 사랑하는 이를 향한 마음은 원래 그렇답니다."

서령이 손을 뻗어 동방리의 손을 살며시 잡았다.

"가주님과 함께 이곳을 지킬게요."

* * *

우르릉!

천둥소리가 울리더니 이내 빗줄기가 떨어지기 시작했다.

쏴아아!

연후는 빗줄기에 몸을 맡긴 채 남쪽을 향해 걸었다. 그 옆에 이정무가 있었고, 오만에 달하는 병력이 뒤를 따랐다.

우르릉!

쩌저적!

벼락이 멀지 않은 곳에서 거미줄처럼 얽히며 떨어졌다. 연후는 전마가 놀라지 않게끔 갈기를 쓰다듬어 주었다.

이정무는 전마의 옆구리에 걸려 있는 방패를 응시하고는 물었다.

"방패를 쓰시오?"

"살상력을 높이기 위해 쓰고 있소."

"새로운 초식이라도 창안을 한 모양이외다?"

"제법 그럴듯한 것으로 하나 만들어 봤소. 위력은 나중에 실전에서 확인하시오."

"기대하고 있겠소."

연후가 갖고 있는 방패는 동영의 신무기를 막기 위해 내구성을 보강한 방패가 아니었다. 오직 공격력의 극대화를 위해 새롭게 만든 것으로, 연후도 아직 실전에서 위력을 확인해 보지 못했다.

이번에는 연후가 이정무의 언월도를 응시하며 물었다.

"전에는 언월도를 보지 못한 것 같은데."

"그땐 해전 위주라 이 녀석을 갖고 올 이유가 없었으니까."

씨익.

"나 역시 살상력을 높이기 위해 육상에서는 이 녀석을 애용하고 있소."

"기대하겠소."

"후후후!"

같은 질문과 답을 주고받으며 둘은 병력을 이끌었다. 지금 그들이 향하는 곳은 북해빙궁의 군영이 있는 남쪽이었다.

기습.

연후가 노리는 것은 바로 그것이었다. 아군이 시간을 끌 목적으로 방어에 집중할 거라는 적의 예상을 깨트리고 허를 찌를 목적이었다.

목표는 북해빙궁의 후방.

그러했기에 각 부대의 수장들에게 방패를 지급하지는 않았다. 방패는 동영을 상대로 싸울 사람들의 몫이었으니까.

연후는 시커멓게 죽어 가는 하늘을 응시했다. 기이하게도 남쪽 먼 곳은 하늘이 파랗게 개어 있었다.

이정무가 미간을 찡그리며 중얼거렸다.

"참으로 기괴한 하늘이오."

"길조라 생각하시오."

"무사들도 그리 생각해야 할 텐데 말이오."

"아마 그럴 거요."

한편 철우는 연후의 뒤에서 악소 등과 나란히 이동했다. 모두가 염려하는 눈빛으로 쳐다봤지만 철우는 오직 연후의 뒷모습만 바라볼 뿐이었다.

그런데 육손이 보이지 않았다. 송영이야 당연히 석차 때문에 철혈가에 남아야 했다지만 그가 함께하지 않은 것은 의외였다.

우르릉!

쏴아아!

빗줄기가 점점 사납게 변해 갔다. 바람까지 더해지면서 산천초목이 심하게 출렁거렸다.

"전쟁하기 딱 좋은 날씨네."

백운이 히죽 웃으며 말했다.

서백이 심드렁하게 말했다.

"저한테는 최악의 조건입니다."

"명색이 궁왕인데 이 정도쯤은 극복해야지, 자식아."

"자연을 어떻게 이깁니까."

"어쭈. 말대꾸하지?"

"조용히 해라."

백무영이 나서고서야 둘은 입을 다물었다.

한편 누구보다 결기로 가득 찬 인물이 있었다. 지금껏 존재감이 사라졌던 조영이었다.

중요한 전투에서 번번이 소외되었던 그는 피나는 수련을 통해 과거보다 훨씬 더 강해졌고, 이 전쟁에서만큼은 누구보다 용맹하게 싸울 것을 다짐하고 있었다.

악소가 그런 조영을 돌아보며 피식 웃었다.

"힘 좀 빼라."

"제가 언제 힘을 줬다고 그러십니까?"

악소가 턱을 들어 조영의 손을 가리켰다. 고삐를 움켜쥔 손등에 굵은 힘줄이 돋아나 있었다.

조영은 재빨리 다른 사람들의 손을 살폈다. 하지만 자신처럼 고삐를 꽉 쥐고 있는 사람은 아무도 없었다.

'그래, 나도 모르게 잔뜩 긴장하고 있었어.'

조영은 크게 심호흡을 하며 힘을 뺐다.

마침 연후가 뒤를 돌아보았다. 시선이 마주치자 조영은 히죽 웃어 보였다.

[너 괜찮냐?]

연후의 전음성에 조영은 자신도 모르게 육성으로 크게 대답했다.

"예! 괜찮습니다!"

* * *

두두두!

나백이 빗속을 헤치며 달려오는 동영의 대군을 바라보며 싸늘히 중얼거렸다.

"이제 끝장을 볼 때가 되었군."

그는 이내 측근들을 향해 명령을 내렸다.

"진격을 준비하라."

"예!"

둥둥둥!

뿌우웅!

북과 나팔이 요란스럽게 울리면서 북해빙궁의 병력들이 서서히 움직일 준비를 했다.

선두에 거대한 석차가 포진했다.

이전의 전투에서 대부분이 파괴되었지만 이곳에 머물며 새롭게 제작한 석차였다. 하지만 시간이 촉박했던 까닭에 그 수가 열 대에 불과했다.

"석차 부대를 먼저 올려 보낸다."

"알겠습니다!"

"석차 부대, 진격하라!"

"진격이다!"

석차 부대와 호위 병력이 먼저 북쪽을 향해 진격을 시작했다.

나백은 측근이 건넨 술로 목을 축인 다음 쓰고 있던 포자를 벗었다.

쏴아아!

거센 빗줄기가 이내 전신을 흠뻑 적셨지만 나백은 아랑곳하지 않았다.

두두두!

풍천과 서문회가 본대보다 먼저 나백의 곁으로 다가왔다.

나백이 조금은 싸늘한 어조로 물었다.

"피해가 컸다고 들었는데…… 괜찮겠소?"

"신경 쓸 만한 정도는 아니니 염려 마시오. 하면 먼저 올라가시오. 우린 우리가 가야 할 곳으로 진격하겠소. 그럼 철혈가에서 봅시다."

나백은 한마디 대꾸도 하지 않고 전마를 몰고 앞으로 뛰쳐나갔다.

그것을 신호로 북해빙궁의 대군이 움직이기 시작했다.

두두두!

풍천은 쏟아지는 빗줄기에도 불구하고 상당한 속도로 진격하는 북해빙궁의 병력을 응시하며 눈빛을 가라앉혔다.

"기세는 대단하나 기병의 움직임이 형편없는 것 같소."

곁에 있던 서문회가 말을 받았다.

"저들은 원래 백병전에 특화된 자들이오. 기병 전력은 기대하지 않는 게 좋을 것이오. 하물며 이런 지형이라면……."

굳이 말을 다할 필요성을 느끼지 못한 서문회가 말끝을 흐렸다.

풍천이 그를 돌아보며 씩 웃었다.

"우리가 서쪽으로 향한다는 것을 놈이 예측할 것 같소?"

"최소한의 방어 병력은 배치를 시켜 둔다 해도 본대 전체가 그곳으로 갈 것이라고는 예상하지 못할 것이오. 그곳은 대군의 진격로로는 최악의 조건이니까 말이오."

"부디 공의 말이 맞기를 기대하겠소. 자, 그럼 슬슬 움직여 봅시다."

"아니, 나는 홀로 움직이겠소."

"그게 무슨 말이오? 홀로 움직이겠다니!"

서문회가 하늘을 쳐다보며 말을 이었다.

"저놈은 호북성이 아니라 광동성에서부터 나를 쫓아다녔소. 처음에는 그저 우연이라 여겼는데 그게 아닌 것 같소."

풍천이 실소를 머금었다.

"하면 저 독수리가 공에게 붙여 놓은 감시자라도 된단 말이오?"

"조심해서 나쁠 건 없으니까. 그럼 철혈가에서 봅시다."

서문회는 곧장 북해빙궁의 뒤를 쫓아갔다.

황당한 표정을 짓던 풍천이 고개를 들어 하늘을 올려다봤다.

'아니, 진짜 저자를 쫓아가고 있다!'

상공을 맴돌던 독수리는 서문회가 자리를 뜨자, 정말 서문회의 말대로 그의 뒤를 쫓아 날아가고 있었다.

그때 풍패가 다가왔다.

"저자는 왜 혼자 북해빙궁의 뒤를 쫓아가는 겁니까?"

"그럴 이유가 있으니 우리도 슬슬 올라가자꾸나."

"……."

* * *

현진은 망루에 올라 남쪽을 바라봤다. 야월이 그 곁을

함께했다.

"적이 군영을 떠났다고 합니다. 이제 한 시진 후쯤이면 시야에 보이기 시작할 것입니다."

한 시진. 길다면 길고 짧다면 짧은 시간이었다.

이제 그 시간이 지나면 건곤일척의 대격돌이 시작될 터였다.

"군사."

"예, 가주."

"만약 이 전쟁에서 살아남는다면 내 부탁 하나만 들어줄 수 있겠나?"

"지금 하시지요."

"아니, 그때 이야기하겠네."

"알겠습니다. 제 능력으로 가능한 것이라면 들어 드리도록 하겠습니다."

"고맙네."

척!

야월은 현진의 어깨를 한 번 다독거려 주고는 망루를 내려갔다.

그런 그의 호위무사 한 명이 커다란 방패를 들고 있었다.

동영의 신무기를 막기 위해 야월에게 지급된 방패였고, 월가에서 방패를 지급받은 사람은 극히 소수에 불과했다. 방패의 양이 적었던 까닭이다.

현진은 다시 남쪽으로 시선을 던졌다.

우르릉!

쩌저적!

철혈가로 이어지는 길목 위로 뇌전이 연신 거미줄처럼 얽히며 작렬했다.

현진의 호위를 맡고 있는 서위량이 조심스럽게 말했다.

"여긴 위험하니 정문으로 내려가시지요."

"아직 시간이 남았으니 서두를 거 없다."

"동영이 암살을 목적으로 신무기를 지닌 놈들을 먼저 보냈을 수도 있지 않겠습니까?"

"풍천에게 그 정도 배짱은 없다. 자신에게 최후의 한 수나 다름없는 그들을 헛되이 낭비하려 들지는 않을 터. 너무 불안해하지 말거라."

"……예."

서위량은 연후를 떠올렸다.

그가 떠나기 전에 자신을 향해 당부하며 보여 주었던 눈빛이 머릿속에 또렷이 남아 있었다.

부탁한다, 현진.

현진의 눈동자가 단호한 결기로 반짝 빛을 머금었다.

'목숨을 바쳐서라도 이곳을 지켜 내겠습니다.'

* * *

철혈가의 모처.

대전쟁의 서막이 올라갔음에도 육손과 박찬은 여전히 독을 연구하느라 여념이 없었다.

둘 다 밤을 지새운 까닭에 초췌한 몰골에 두 눈은 붉게 충혈되어 있었지만 집중력만큼은 조금도 흐트러지지 않았다.

한순간만 삐끗해도 그간의 노력이 물거품이 될 수도 있는 까닭이었다.

그렇게 얼마의 시간이 흘렀을까?

"아······."

육손이 탄식을 쏟아 내며 두 손으로 머리를 감쌌다.

박찬도 의자 뒤로 머리를 넘기며 한숨을 푹푹 내쉬었다.

"하아······."

육손이 박찬을 향해 미안한 표정을 지었다.

"미안합니다. 이 귀한 것을 가져다주셨는데 제 능력이 모자라 더는 힘들 것 같습니다."

"아닙니다. 오히려 제가 아무 도움이 되지 못한 것 같아 죄송할 따름입니다."

"시간만 더 있었더라면 어떻게든 해 볼 텐데……."

"곧 있으면 적이 공격을 해 온다고 합니다. 하니 다른 독이라도 서둘러 챙겨 준비를 해야 할 것 같습니다."

"예. 그러죠."

둘은 아쉬움을 털어 내며 독을 챙기기 시작했다. 비록 원하던 것은 성공하지 못했지만, 그래도 박찬이 갖고 온 것으로 기존의 것보다 더 강한 독은 제법 만들어 낸 육손이었다.

박찬이 다시 한번 한숨을 내쉬었다.

"하아…… 하필이면 이런 때에 비가 내리다니……. 하늘도 무심하시지."

"그러게 말입니다."

육손도 창을 응시하며 우울한 표정을 지었다.

비가 내릴 때 독을 쓰면 독연이 퍼지는 사정거리가 훨씬 짧아진다. 사정거리가 짧아지면 살상력이 떨어지는 것은 당연지사. 그것은 곧 전력의 약화를 초래할 수 있었다.

우르릉!

쩌저적!

뇌전이 창문을 하얗게 물들이고는 사라졌다.

육손은 다시 독을 챙기기 시작했다. 잠시 후 둘은 챙긴

독을 들고 밖으로 나섰다.

송영이 그들을 발견하고는 한걸음에 달려왔다.

"성공했냐?"

"아니."

"아쉽네. 그래도 너무 상심하지 마. 새로운 독이 아니더라도 넌 충분히 강력하니까."

"주군은?"

"주군께서는 벌써 떠나셨지."

"어디로?"

"나도 자세히는 모르는데 해동군과 함께 적의 등 뒤를 공격하실 건가 봐. 형님들도 다 같이 가셨으니 아주 중요한 작전이라고 봐야지. 그나저나 뭘 좀 먹었냐?"

"배 안 고파."

"그래도 뭘 좀 먹어 놔. 전투가 시작되면 언제 끝날지 어떻게 아냐. 빨리 가 봐."

송영이 육손과 박찬의 등을 떠밀었다.

송영은 전각으로 향하는 육손과 박찬의 뒷모습을 응시하며 머리를 긁적였다.

"성공했으면 좋았을 텐데……."

하지만 이내 씩 웃었다.

"그래도 널 믿는다."

* * *

두두두!

대지가 진동했다.

그 진동은 연후가 서 있는 능선까지 전해졌다.

연후는 빗속을 헤치며 달려오는 적들을 응시하다가 그 위에 떠 있는 독수리를 발견하고는 눈빛을 가라앉혔다.

"두 세력이 함께 올라오고 있거나, 동영이 선봉을 맡고 있는 것 같소. 확실한 것은 동영이 이쪽으로 오고 있다는 것이오."

"조금 더 지켜봐야지 않겠소?"

"저 독수리는 서문회에게 붙여 둔 녀석이오. 서문회가 홀로 불구대천의 원수나 다름없는 나백과 함께 움직일 리는 없으니 내 예상이 아마 맞을 거요."

"흠……."

명백한 오판이었다. 이것은 서문회가 바라는 바이기도 했다.

"일단 적들이 지나가기를 기다렸다가 후미를 칩시다."

"알겠소."

이정무가 뒤를 돌아보며 나지막이 외쳤다.

"공격을 준비하라!"

채채채쟁!

능선 아래쪽에 대기하고 있던 병력들이 일제히 무기를 뽑았다.

연후도 전마의 옆구리에 걸어 놓았던 방패를 끌러 손에 쥐었다. 뒤이어 내공을 주입하자 방패의 형태가 바뀌며 사면이 칼날처럼 날카롭게 변했다.

철컥철컥!

"이제 보니 공수를 겸한 무기였구려."

이정무도 언월도를 끌러 어깨에 올렸다. 다른 언월도보다 도신이 두 배는 더 넓고, 길이도 한 자는 더 길었다.

평범한 사람은 들기도 힘들 정도의 무게까지 지니고 있었으니 그 파괴력은 능히 짐작이 갔다.

연후는 이정무를 돌아봤다.

"무리하지는 마시오."

"알겠소."

두두두!

그 와중에 적의 선두가 보이기 시작했다.

연후는 선두가 아닌 중군 쪽을 살폈다. 그곳에 호위병력에 둘러싸인 나백이 있었다.

그는 아직까지 단 한 번도 자신의 전력을 드러낸 적이 없소.

연후는 추광의 목소리를 떠올리며 눈빛을 가라앉혔다.
쏴아아!
빗줄기가 점점 가늘어지기 시작했다.
하늘도 남쪽부터 서서히 맑아 오고 있었다.
두두두!
적은 끝없이 연후의 앞을 지나갔다. 어느새 나백은 연후의 시야에서 사라졌고, 드디어 후군이 보이기 시작했다.
그때였다.
'갑자기 왜 서쪽으로 가는 거지?'
독수리가 갑자기 서쪽으로 방향을 트는 것이 보였다. 연후는 공력을 끌어올려 시력을 최대치로 키워서는 아래를 살폈다.
한 기의 인마가 홀로 서쪽을 향해 달리는 중이었다. 독수리는 정확하게 그의 머리 위를 날아가고 있었다.
독수리가 착각을 하지 않았다면 틀림없는 서문회이리라.
연후의 눈빛이 한순간 무겁게 가라앉았다.
'설마 독수리의 정체를 간파하고 일부러 이곳으로 올라왔단 말인가?'
연후는 뒤를 돌아보며 서백을 찾았다.
"서백!"
"예, 주군!"

서백이 다가왔다.

"동영의 진격로는 이곳이 아니다. 가서 현진에게 서쪽을 조심하라 전하거라!"

"알겠습니다!"

서백이 질풍처럼 달려갔다.

연후는 적의 후미를 바라봤다. 아니나 다를까. 더 이상 올라오는 병력은 없었다.

"내가 서문회에게 당한 것 같소."

"어차피 우리가 원한 것은 북해빙궁의 전력을 분산시키는 것이니 괘의치 마시오."

팟!

연후의 두 눈에 살광이 일었다.

지금껏 볼 수 없었던 섬뜩한 분위기에 이정무는 연후가 크게 분노하고 있음을 알 수 있었다.

"자책할 거 없소."

"난 그런 거 모르오."

"그럼 다행이고."

우우웅!

연후의 방패가 청광을 뿜기 시작했다.

뒤이어 그가 먼저 적을 향해 뛰쳐나갔다. 그것을 신호로 이정무를 비롯한 모두가 적의 후미를 향해 달려 나갔다.

두두두!

연후의 첫 번째 공격은 혈마번이었다.

거칠 것이 없으니 위력이 배가되는 것은 당연한 것. 첫 공격에 적의 후미는 영문도 모른 채 피를 뿌리며 꼬꾸라졌다.

위이잉!

퍼퍼퍽!

"크아악!"

"끄악!"

"쳐라!"

두두두!

콰지지직!

해동군과 북천군의 갑작스러운 공격에 적의 후미는 한순간에 혼란 속으로 빠져들었다.

"적이다! 적의 기습이다!"

"막아라!"

"으아악!"

* * *

"대궁주! 후군이 적의 공격을 받고 있습니다!"

측근의 다급한 외침에 나백은 황급히 뒤를 돌아봤다.

하지만 그가 위치한 곳은 중군이어서 후군까지 볼 수는 없었다.

적이 기습을 해 올 거라는 것쯤은 예상하고 있었던 나백은 잠시의 망설임도 없이 빠른 결단을 내렸다.

"시간을 지체하면 동영과의 협공에 차질을 빚게 된다! 그대로 진격한다!"

"예!"

두두두!

'부디 그곳에 이연후, 네가 있기를 바란다.'

나백은 적이 기습을 해 왔을 때, 수장을 노리기 위해 공멸 부대를 배치해 두었다.

만약 연후가 기습에 나섰다면 그를 죽일 수도 있는 기회였다. 물론 운만 따라 준다면.

'이제 거의 다 왔다.'

나백은 전방을 바라봤다.

하지만 선봉 부대에 가려 철혈가의 모습은 볼 수가 없었다.

잠시 후 나백의 눈에 먼저 이동했던 석차 부대와 호위 부대가 보이기 시작했다. 선봉 부대도 그곳에서 진격을 중단한 채 나백이 오기를 기다리고 있었다.

나백은 곧장 명령을 내렸다.

"사정거리 안쪽까지 속히 올라가라!"

"석차 부대! 진격하라!"

"진격하라!"

혹시 몰라 사정거리 밖에 진을 치고 있었던 석차 부대가 철혈가를 향해 진격을 시작했다.

사정거리까지는 대략 오백여 장.

전마라면 순식간에 도달할 거리였지만 석차는 그렇지 못했다.

나백은 호위 부대와 함께 앞으로 나아갔다. 그리고 잠시 후, 철혈가가 보이는 곳에 이르러 고삐를 당겼다.

히히힝!

철혈가는 이상하리만큼 조용했다.

하지만 나백은 대수롭지 않게 여긴 채 서쪽을 응시했다.

동영이 제때 도착을 해 줘야 본격적인 공격을 시작할 수 있었다.

철혈가로 향하는 길목에 깔려 있는 기관은 말을 이용해 파괴하면 될 것이오.

어젯밤.

풍천은 그렇게 호언장담을 했다. 그러면서 자신이 없으면 자신들이 정면을 맡겠다고 했다.

나백은 풍천의 그러한 태도가 못마땅했다.

'건방진 놈.'

"술!"

"여기 있습니다!"

나백은 측근이 건넨 술로 목을 축이며 다시 철혈가를 응시했다.

담장 위에서 펄럭이는 수많은 깃발들. 하지만 목책 때문에 사람은 보이지가 않았다.

한 측근이 말했다.

"동영의 신무기를 막고자 세운 목책 같습니다."

"어리석은 짓이다. 목책을 저렇게 세워 놓으면 전투가 시작되었을 때 활동 반경이 좁아질 수밖에 없을 터. 우리로서는 쌍수를 들고 반길 일이지. 후후후."

"그렇습니다."

끼끼끼……

와중에도 석차 부대는 천천히 북쪽을 향해 올라갔다.

나백이 측근에게 명령을 내렸다.

"가서 동영이 도착하기 전까지는 대기하라 전하거라."

"알겠습니다."

나백은 다른 측근에게도 명령을 내렸다.

"아이들을 보내서 후군의 상황을 파악토록 하라!"

"존명!"

나백은 술병을 입으로 가져가며 회심의 미소를 지었다.
'후군은 어차피 없어도 될 놈들. 부디 대어가 걸려들기를……'

* * *

현진은 대전각의 지붕에서 서서히 올라오는 적의 석차를 바라봤다.
'드디어 시작인가?'
막중한 책임감에 현진은 크게 심호흡을 했다.
야월이 말했다.
"나는 자리로 가 보겠네."
"조심하십시오, 가주."
"군사도 조심하시게."
야월이 월가의 고수들이 있는 곳으로 몸을 날렸다.
현진은 야월의 뒷모습을 응시하다가 다시 전방으로 시선을 던졌다.
서위량이 말했다.
"석차가 움직임을 멈추었습니다. 한데 바로 공격을 할 생각은 없는 것 같습니다."
"뭔가 꿍꿍이가 있겠지."
현진은 석차의 수를 세었다.

'적의 석차는 아군의 석차보다 사정거리가 훨씬 짧고, 숫자도 절반밖에 되지 않는다. 하니 적어도 장거리 공격에서는 우리가 압도할 수 있다.'

현진은 지붕 아래에 서 있는 송영을 향해 외쳤다.

"적의 석차까지 거리가 닿겠느냐?!"

"삼십 장 정도가 모자랍니다! 조금만 더 올라오면 그때 공격하겠습니다!"

"일단 대기하거라."

"예!"

그때였다.

"어?"

서위량이 남문 쪽을 보며 눈을 동그랗게 치떴다. 서백이 달려오는 것을 본 것이다.

잠시 후 서백이 지붕 위로 올라섰다.

"군사! 동영의 본대가 서쪽을 타고 올라오고 있습니다!"

"본대 전체가 말이냐?"

"예! 빙궁과 함께 움직이지 않는 것을 확인했습니다."

"서쪽이라면……."

현진의 얼굴이 딱딱하게 굳어졌다.

서쪽은 거의 염두에 두고 있지 않았다. 지형이 험한 데다 대군이 이동하기에는 길목이 너무 좁은 까닭이었다.

'본대 전체가 서쪽으로 올 것이라고는 예상조차 못했는데…….'

팟!

현진은 즉각 정문 뒤쪽으로 몸을 날렸다.

조금 전에 먼저 내려왔던 야월이 물었다.

"무슨 일인가?"

"동영의 본대가 서쪽을 타고 올라오는 중이라고 합니다. 아무래도 월가와 황하수련이 그쪽을 맡아 주셔야 할 것 같습니다."

"알겠네."

"지형이 험하고 길목 또한 좁으니 전면전을 피하고 치고 빠지는 식의 유격전을 펼치십시오."

"그러지."

현진이 돌아서려던 야월에게 한마디 더 했다.

"안 된다 싶으면 무리하지 말고 돌아오셔야 합니다."

"그리하겠네."

현진은 곧장 우문적을 찾아가 같은 말을 전했다. 잠시 후, 두 가문의 병력이 서쪽으로 빠져나갔다.

현진은 다시 대전각의 지붕 위로 올라섰다.

서백은 돌아가지 않았다. 이미 지금쯤이면 전투가 시작되었을 터라 굳이 그럴 필요가 없었던 것이다.

현진이 서백에게 말했다.

"너와 육손도 두 가문을 따라 서쪽으로 가거라."
"알겠습니다."
팟!
서백은 즉각 육손의 거처를 향해 몸을 날렸다.

　　　　　　　＊　＊　＊

"어? 형님!"
"아직도 연구 중이냐?"
서백이 들어서자 육손과 박찬이 자리에서 일어섰다.
"왜 벌써 돌아오셨어요?"
"그럴 사정이 있었다. 그나저나 손아."
"예?"
"너와 나는 서쪽으로 가야겠다. 예상과는 달리 동영의 본대가 서쪽을 타고 올라오고 있다. 월가와 황하수련이 갔는데, 우리더러 그들을 도우라는 군사의 명령이 떨어졌다."
육손이 눈이 동그래졌다.
"금방 준비할게요."
박찬이 나섰다.
"저도 함께 가겠습니다."
"너무 위험하지 않겠소?"

"어차피 여기나 거기나 위험하긴 매한가지가 아니겠습니까. 하니 같이 가겠습니다."

"그럼 속히 대장군의 허락을······."

서백은 말을 하다 말고 실소를 머금었다. 이정무는 지금 연후와 함께 있지 않은가.

박찬이 씩 웃었다.

"대장군이 계셨어도 허락하셨을 겁니다."

"자, 그럼 가 볼까?"

"예!"

"잠깐만요."

육손이 뭔가가 잔뜩 담긴 바구니를 들고 왔다. 바구니 안에는 새롭게 만든 독탄이 수북하게 담겨 있었다.

"내가 쓸 건가?"

"예. 미완성이지만 기존의 독보다는 그래도 훨씬 더 강력할 겁니다."

"그래? 그럼 일단 들고 가서 그곳에서 화살에 달도록 하자."

서백은 독탄을 포대에 넣고 어깨에 둘러멨다. 육손과 박찬은 서백이 사용할 화살을 여분으로 더 챙겼다.

잠시 후, 셋은 먼저 떠난 월가와 황하수련을 쫓아 서쪽으로 몸을 날렸다.

7장
최후의 전쟁(2)

최후의 전쟁(2)

 살상력을 높이기 위해 개조된 연후의 방패는 적들에게 저승사자의 손길이나 다름없었다.
 누구도 그 방패를 뚫지 못했고, 누구도 방패를 막아 내지 못했다.
 그 위력은 적이 밀집한 곳에서 더욱 배가되었다.
 적진 한복판에서 강기를 이용한 공격을 펼치면, 혈마번 못지않은 위력을 발휘했다.
 아니, 혈마번이 지니지 못한 방어력까지 갖추고 있으니 가히 신병(神兵)이라 해도 과언이 아닐 터였다.
 "쌍!"
 두 명의 적이 연후의 뒤를 노리고 달려들었다.
 하지만 그들이 내지른 대도는 방패에 막혀 사정없이 동

강이 나 버렸고, 그 뒤는 참혹한 죽음이었다.

퍼퍽!

"크악!"

"컥!"

그 어떤 검보다 날카로운 예기를 지닌 방패가 두 적의 허리를 무처럼 잘라 버렸다.

누군가에게는 혈전, 누군가에게는 도살이나 다름없는 전투는 서서히 끝을 향해 치닫고 있었다.

그때였다.

콰쾅!

엄청난 폭음과 함께 전장 한복판에서 화염이 치솟았다.

"으아악!"

"크아악!"

적과 아군이 폭발의 여파에 휩쓸려 갈기갈기 찢겨 날아가는 참혹한 광경에 연후는 적의 공멸 부대를 떠올렸다.

'역시 이곳에도 놈들이 있었구나.'

"뒈져라!"

뒤에서 날카로운 기운이 날아들었다.

퍽!

팽이처럼 회전한 연후의 좌수가 상대의 심장을 꿰뚫었다. 직후 연후는 공력을 담아 외쳤다.

"뒤쪽 숲으로 물러나라!"

"뒤쪽 숲으로 물러나라!"

곳곳에서 터진 외침에 아군이 뒤로 물러서기 시작했다. 그러면서 피아의 구분이 명확해지자 연후는 아군을 쫓아 달려가는 공멸 부대를 발견할 수 있었다.

우우웅!

혈마번이 핏빛 강기와 함께 일어났다.

뒤이어 아군을 쫓아가는 공멸 부대를 향해 섬전처럼 날아갔다.

위이잉!

퍼퍽!

두 명의 적이 허리가 동강 나며 꼬꾸라졌다. 미처 심지에 불을 붙일 여유도 없었던 것인지 폭발은 일어나지 않았다.

북해빙궁의 공멸 부대에 대해 이미 들어 알고 있었던 이정무는 곧장 해동군을 향해 명령을 내렸다.

"놈들이 접근하지 못하게 일제히 공격하라!"

뒤로 물러섰던 해동군들이 일제히 화살을 날렸다.

쐐애애액!

퍼퍼퍽!

따다다당!

어떤 적은 고슴도치가 되어 꼬꾸라졌고, 어떤 적은 호신강기로 화살을 튕겨 내며 마치 불을 보고 날아드는 불나방처럼 맹렬히 달려들었다.

그런 적들을 향해 연후는 연속적으로 혈마번을 날렸다.

위이잉!

퍼퍼퍽!

이번에는 다섯이 동강이 나며 꼬꾸라졌다.

그러나 그중 한 명은 이미 심지에 불을 붙인 것인지, 쓰러지는 동시에 폭발을 일으키며 주변을 휩쓸었다.

꽈과과광!

"크아악!"

"으악!"

미처 피하지 못한 적들이 피떡이 되어 날아갔다.

하지만 여전히 다섯 명이나 되는 흑인들이 남아 있었고, 이지를 제압당한 그들은 죽음에 대한 두려움조차 없이 또다시 달려들었다.

그 앞에 이정무가 내려섰다.

"천륜을 저버린 패악한 놈들!"

언월도가 이정무의 손을 떠났다. 언월도는 두 명의 적을 꿰뚫었고, 세 번째 적까지 쓰러뜨리고서야 위력을 다했다.

이제 남은 자는 두 명.

백룡문주 김관회와 최광이 달려들었다.

"멈추시오!"

누군가가 다급히 외쳤지만 그들은 적들을 향해 달려들었고, 기어이 목을 베었다. 거의 동시에 폭발이 일어났다.

콰쾅!

"문주님!"

"대장!"

백룡문도들과 서래파의 무사들이 부르짖었다.

연후도 당혹감을 감추지 못했다.

'미리 정보를 알려 줬건만…….'

쾅!

땅을 박차고 뛰어오른 연후는 폭발이 일어난 곳으로 향했다. 그 와중에 그를 막아서는 적들이 있었지만 방패에 의해 모조리 피를 뿌리며 꼬꾸라졌다.

휘리릭!

이정무가 연후의 곁으로 떨어져 내렸다.

연후가 외쳤다.

"정보를 알려 주지 않은 거요?"

"그럴 리가 있겠소."

이정무의 얼굴이 돌덩이처럼 굳어 있었다.

김관회와 최광은 해동의 핵심 전력이었다. 여기서 그들을 잃는다면 엄청난 타격이 아닐 수 없었다.

그때였다.

"저흰 무사합니다."

자욱한 연기 너머에서 김관회의 목소리가 흘러들었다.
뒤이어 연기를 헤치며 김관회가 최광이 모습을 드러냈다.

둘 다 장포 곳곳이 찢어져 맨살이 드러나 있었지만 별다른 부상은 없는 듯했다.

"어찌 그리들 무모하시오!"

"다들 무사하니 된 일 아니오. 우선 상황부터 마무리합시다."

이정무는 연후의 만류에 한숨을 내쉬고는 고개를 끄덕였다.

"후우. 알겠소."

* * *

기습 작전은 완벽하게 성공했다.

이미 전세는 기울었고, 살아남은 적들은 뿔뿔이 흩어져 도주하기에 이르렀다.

하지만 해동과 북천연합군은 그조차도 용납하지 않았고, 결국 북해빙궁의 후군 중에서 살아남은 자들은 이천을 채 넘지 못했다.

연후는 주변을 살폈다.

백무영을 비롯한 측근들이 그의 주변으로 몰려들었다.

다행히 모두가 다 무사했고, 부상을 입지도 않았다.

연후는 철우의 상태를 확인했다.

"전 괜찮습니다."

온몸에 피를 뒤집어쓰고 있었지만 다행히도 부상을 입지는 않은 철우였다.

까가강!

"크아악!"

"끄악!"

여전히 곳곳에서 산발적인 전투가 벌어지고 있었다. 하지만 전투라기보다는 학살에 가까웠고, 그마저도 곧 막을 내렸다.

이정무가 다가왔다. 그의 언월도에서 피가 뚝뚝 떨어졌다. 그 뒤로 백룡문주 김관회와 서래파 대장 최광이 따르고 있었다.

이정무가 크게 숨을 토하며 말했다.

"기습 작전이 제대로 성공한 것 같소."

연후는 북쪽을 돌아봤다.

아직 연기가 피어오르거나 하지는 않고 있었다. 하지만 이제 곧 적의 본격적인 공격이 시작될 것이었다.

철컥철컥!

연후는 방패를 전마의 옆구리에 걸어 놓고 가볍게 뛰어올랐다.

"전속으로 복귀한다!"

* * *

서쪽 산악 지대.

다른 곳에 비해 유난히 지형이 험하고 길목도 좁아, 과거 서북무림도 북부무림과의 전쟁에서 이곳을 통해 공격을 해 온 적은 없었다.

때문에 철혈가도 이곳에 최소한의 경계 병력만 상주시켜 놓았을 뿐, 크게 주의를 기울이지는 않았다.

풍천은 동영에서는 쉽사리 볼 수 없는 기암절벽과 거대한 산봉우리를 둘러보며 회심의 미소를 머금었다.

"이곳 지형이 대군이 움직이기에 최악이라는 것은 놈들이 더 잘 알고 있을 터. 하니 경계 병력은 거의 없을 것이다. 내가 굳이 이곳을 진격로로 선택한 이유이지. 후후후."

주변의 모두가 고개를 끄덕였다.

풍천이 풍패를 돌아봤다.

"풍패야."

"예, 전하."

"선봉대를 이끌고 철혈가로 향하는 길목에 매복이 있는지 확인토록 하고, 있다면 모조리 섬멸하라!"

"존명!"

돌아서는 풍패의 입가에 미소가 걸렸다.

선봉을 맡긴다는 건 그만큼 신뢰한다는 것. 지난 패배 이후 달라진 풍천의 태도 탓에 노심초사했던 풍패로서는 더욱 달가운 일일 수밖에 없었다.

서문회 때문에 가졌던 불만이 눈 녹듯 사라지는 순간이었다.

잠시 후 풍패가 이만의 병력을 이끌고 먼저 철혈가를 향해 떠났다.

"우리도 속도를 내어 보자꾸나!"

"예!"

"속도를 올려라!"

* * *

기암괴석이 절경을 이룬 산봉우리.

그곳에 자그마한 집 한 채가 있었는데, 그 앞에 무사들이 모여 있었다. 서쪽 경계를 맡은 철혈가의 무사들이었다.

경계 초소가 자리한 곳은 워낙에 외진 곳이라 모두가 오길 꺼려 했고, 그 탓에 여섯 달마다 교대를 하는 식으로 운용되고 있었다.

무사들은 통나무를 반으로 갈라서 만든 탁자를 두고 마주 앉아 식사를 하는 중이었다.
한 무사가 말했다.
"곧 본격적인 전투가 시작될 거라고 하던데, 우리만 여기 가만히 있어도 되겠습니까?"
"이곳을 경계하는 것이 우리에게 주어진 임무다. 하니 피가 끓더라도 참아."
"하지만……."
청년 무사가 말을 하다가 눈을 동그랗게 치떴다.
"어?"
"왜 그래?"
"저기……."
모두가 한곳으로 고개를 돌렸다.
정상으로 올라서는 이들이 있었다. 처음 보는 얼굴이라 무사들은 황급히 일어서며 검을 뽑았다.
채채챙!
"누구냐!"
"어이, 나 황하수련의 우문적이야. 너희 편이라고 자식들아."
올라선 이들은 우문적과 야월이었다.
하지만 무사들은 검을 내리지 않았다. 무사들 모두는 몇 달 전에 이곳에 왔고, 그 전에도 우문적을 본 적이 없기에 선뜻 믿지 못한 것이다.

물론 우문적과 야월이 주군가에 와 있다는 것은 알고 있었지만 얼굴을 모르니 어쩔 수가 없었다.

씨익.

우문적이 씩 웃었다.

"좋아. 그런 자세."

그는 성큼성큼 걸어와 탁자 위에 놓여 있던 닭다리 하나를 쥐어 입으로 가져갔다.

"신분을 확인해야겠습니다."

"뭘 어떻게?"

"……."

"내가 좀 유명한 줄 알았더니 그것도 아닌 모양이네. 쯧쯧."

그때 야월이 나섰다.

"월가의 야월이다. 대지존의 명으로 이곳을 방어하러 왔으니 검을 내려놓거라."

스르릉.

우문적이 검을 뽑았다.

"이제 됐나?"

모두는 검신에 새겨져 있는 월가(月家)라는 글자를 보고는 두 눈을 부릅떴다. 뒤이어 황급히 머리를 조아렸다.

"가주를 뵙습니다!"

야월은 무사들의 반응에도 아랑곳하지 않고 정상의 가장자리로 향했다.

우문적이 곁을 따랐다.

둘은 나란히 서서 광활한 산악 지대의 한가운데에 나 있는 길목을 바라봤다.

야월이 중얼거렸다.

"아직 여기까지 올라오진 않은 것 같군."

"늦었냐?"

"뭐?"

"저기 끝 쪽."

우문적이 전방의 좌측을 가리켰다. 두 갈래로 갈라진 길이 있었는데, 남쪽에서 이곳으로 이어지는 길 위를 달려오는 무리가 있었다.

야월은 공력을 끌어올려 날카롭게 살폈다.

"대략 이만 정도라면 선봉대라고 봐야겠군."

"이만이라면 본대가 올라오기 전에 박살을 내 버려야지. 흐흐흐."

야월이 우문적을 직시했다.

"우문적."

"뭐야, 그 재수 없는 눈빛은."

"우리가 해야 할 일은 동영의 진격을 최대한 늦추는 것이다. 그러자면 피해를 최소화하면서 지구전으로 끌고 가야 한다."

"돌리지 말고 본론이나 말해."

"그러니까 함부로 설치지 말고 계획하에 움직이란 말이다."

꿈틀.

우문적의 눈썹이 칼날처럼 휘어졌다. 그가 무슨 말을 하려 할 때, 야월이 무사들을 향해 물었다.

"철혈가로 향하는 길목이 몇 개나 되느냐?"

"두 곳인데, 한 곳은 워낙에 좁고 가팔라서 대군이 지나가려면 하루는 꼬박 더 걸릴 겁니다!"

"하면 저 아래를 지나가는 것이 적의 입장에서는 최선이라고 봐야겠군."

"예. 그나마 저쪽이 폭이 넓습니다!"

묵묵히 고개를 끄덕인 야월이 다시 우문적을 돌아보며 말했다.

"우리가 좌측을 너희 황하수련이 우측을 맡아 줘야겠다. 다시 말하는데 무작정 달려들지 말고 시간을 끄는 데 주력해라, 우문적."

"좀 공손하게 부탁하면 안 될까?"

"싫으면 말고."

팟!

야월이 땅을 박차고 뛰어올라서는 월가의 병력이 있는

곳으로 내려갔다.

우문적은 그 모습을 지켜보며 코에서 뜨거운 김을 뿜어냈다.

"재수 없는 새끼."

그때 한 무사가 물었다.

"저흰 어떡합니까?"

"어떡하긴. 모두 따라와!"

* * *

풍패는 선두에서 달리며 주변을 살폈다.

어디에서도 매복의 흔적은 발견할 수 없었지만, 이미 크게 당한 바가 있었던 풍패는 방심하지 않았다.

"척후병을 보내라!"

"예!"

수십 명의 인자가 먼저 달려 나갔다.

풍패는 뒤를 돌아보며 외쳤다.

"속도를 늦추고 최대한 주변을 경계하며 지나간다!"

"예!"

"너희들은 나의 좌우를 경계한다."

"알겠습니다."

호위들이 풍패의 좌우를 막아섰다.

풍패는 하늘을 쳐다봤다. 어제까지 그토록 사납게 퍼붓던 비가 그치고 시리도록 푸른 하늘이 구름 한 점 없이 파랗게 펼쳐져 있었다.

'오늘은 고향의 하늘과 비슷하군. 느낌이 좋아. 후후후.'

풍패는 자신이 있었다. 아니, 기회를 얻었으니 무슨 일이 있더라도 전공을 세워 잃었던 신임을 회복할 각오가 되어 있었다.

'흑월, 놈 때문에 십 년을 허비했다. 그런데 이제 와서는 서문회라는 놈 때문에 모든 것을 잃을 뻔했다. 이번 전쟁을 기회로 다시는 추락하는 일은 없을 것이다.'

과거 신풍조장 흑월은 풍패의 가장 강력한 적수였다. 십 년에 걸쳐 그와 경쟁을 벌였지만, 풍천은 흑월을 더 신뢰하고 곁에 두었다.

그랬던 흑월이 반기를 들었고, 그때를 틈타 이인자의 반열에 올랐지만 한 번의 실패와 서문회의 등장으로 다시 풍천에게서 멀어졌다.

'이 전쟁이 끝나면 서문회부터 제거해야 한다. 그러자면 내 입지부터 다시 견고하게 다져 놓아야겠지.'

휘이잉!

한 줄기 바람이 얼굴을 쓸고 지나가면서 풍패는 상념에서 깨어났다.

그는 다시 전방과 그 주변을 날카롭게 살폈다.
한 측근이 말했다.
"대군이 지나가기에 폭이 너무 좁은 것 같습니다. 만에 하나 적이 좌우에 매복을 하고 있다면 저희도 저희지만 본대가 큰 피해를 입을 수도 있습니다."
"태합께서는 그것까지 계산을 하고 이곳을 택하셨다. 하니 우리는 따르면 그뿐. 쓸데없는 생각은 집어치워라."
"……."
"그리고 설사 매복을 했다 한들, 저 우거진 숲은 우리에게 오히려 유리한 조건이지 않느냐."
"속하가 그것을 깜박했습니다."
주변의 모두가 고개를 끄덕이며 수긍했다.
우거진 숲은 인자들의 영역이었다. 또한 지금 병력은 인자 다수가 함께하고 있었다.
휘이잉!
폭이 좁아지고 좌우 지형이 높아질수록 바람이 조금씩 강해지기 시작했다.
그러기를 얼마나 흘렀을까?
풍패가 미간을 찡그렸다.
"이놈들이 왜 이렇게 늦는 거지?"
먼저 나선 척후병들이 돌아오지 않고 있었다. 지금쯤이라면 정찰을 마치고 돌아와 보고를 했어야 했다.

"혹시 무슨 일이 벌어진 건 아닐까요?"
"몇 명 더 보내라!"
"예!"
다시 열 명가량의 인자가 달려 나갔다.

풍패는 바람처럼 달려가는 수하들의 뒷모습을 응시하며 눈빛을 가라앉혔다.

'살펴봐야 할 공간이 넓으니 늦는 거겠지.'

　　　　　　　＊　＊　＊

퍽!
야월의 검이 인자의 심장을 꿰뚫었다.
"끄으으……."
인자가 피거품을 물며 그대로 숨이 끊어졌.

야월은 검을 뽑아 인자의 옷에 닦으며 싸늘히 중얼거렸다.

"여기까지 와서 척후병을 보낸다는 것은 그만큼 소심하거나 겁이 많다는 것. 이놈들이 돌아가지 않으면 다시 척후병을 보낼 것이다. 다들 한 놈도 놓쳐선 안 되니 바짝 집중해라."

"예!"
숲 곳곳에서 대답이 흘러나왔다.

야월은 전방을 응시하며 싸늘히 웃었다.

"우거진 숲이 인자들의 영역이라고? 어림도 없는 소리."

싸늘히 중얼거린 야월의 두 눈이 한 차례 빛을 번뜩였다. 또다시 여러 명의 인자가 숲으로 뛰어드는 것을 본 것이다.

'보이지 않는 것만큼 두려운 건 없는 법. 여기서 그것을 느끼게 해 주마.'

팟!

야월이 꺼지듯 사라졌다.

* * *

맞은편.

"새끼! 여기가 어디라고 기어 올라와!"

우드득!

"끄어어……."

우문적의 우악스러운 손이 인자의 목을 사정없이 꺾어 버렸다. 인자는 그의 손아귀에서 물먹은 천처럼 축 늘어지며 숨이 끊어졌다.

"련주, 다른 놈들도 모두 처치했습니다."

"더 올 수 있으니 집중해."

"예."

수하들이 숲 너머로 사라지자 우문적은 허리춤의 술병을 꺼내어 입으로 가져갔다. 하지만 도로 허리에 걸었다.
　"술 냄새를 풍기면 곤란하지."
　우문적은 대신 물로 목을 축였다. 그러고는 맞은편을 응시했다.
　마침 숲 위쪽으로 야월이 올라서고 있었다. 그가 검을 들어 목을 긋는 시늉을 했다.
　다 처치했느냐는 뜻이었다.
　"그래. 다 처치했다, 재수 없는 놈아."
　우문적은 목을 긋는 시늉을 하며 씩 웃었다. 야월이 손을 들어 적이 있는 곳을 가리켰다.
　우문적의 시선이 자연스럽게 그곳을 향해 돌아갔다. 다른 인자들이 달려오고 있었다.
　우문적은 그 뒤를 천천히 따라오는 풍패의 부대를 응시했다.
　"이러다가 곧 개떼처럼 몰려오겠군."

*　*　*

　"저 정도면 선봉대라고 봐야겠죠?"
　"그래. 아마 본대는 뒤에서 올라오고 있겠지."
　"월가와 황하수련은 어디로 갔을까요?"

"글쎄다. 지형을 보면 이 근처에 매복을 하는 것이 최선일 것 같은데……."

서백은 주변을 둘러보며 미간을 찡그렸다. 어디에도 두 가문의 병력은 보이지가 않았다.

그도 그럴 것이 지금 서백 등이 위치한 곳은 두 가문보다 조금 더 서쪽이었고, 두 가문이 숲에 매복을 하고 있었기에 찾을 수가 없었던 것이다.

육손이 말했다.

"경계 초소로 가 볼까요?"

"거긴 여기서 너무 멀다. 그냥 이곳에서 지켜보고 있다가 전투가 시작되면 그때 이동하는 게 좋겠다."

"예."

서백은 다시 풍패의 부대를 응시했다.

모두가 같은 복장을 하고 있어서 누가 인자고, 누가 무사인지 가늠할 수가 없었다.

"광동성에서 한번 제대로 당하더니 이번에는 제대로 작정을 했네. 저렇게 입어 버리면 인자를 구별할 수가 없잖아."

"그러게요."

박찬이 말하고 나섰다.

"여긴 숲의 밀도가 유난히 촘촘하군요. 이러면 전투가 벌어졌을 때 인자의 위력이 극대화될 텐데……."

"나도 그게 걱정인데……."

셋의 얼굴이 딱딱하게 굳어졌다. 지난날 일차 침공 때 인자의 능력을 경험한 바가 있었기에 걱정은 배가되었다.

"일단 여기서 작업을 하자."

"예."

촤르륵!

셋은 잔뜩 가져온 화살에 독탄을 다는 작업에 착수했다. 워낙에 강력한 독이 담겨 있어서 하나를 마무리하는 데 제법 시간이 소요되었다.

"손아."

"예?"

"만에 하나 나와 떨어지게 되면 무리하지 말고 주군가로 돌아가야 한다?"

"갑자기 왜 그런 말씀을 하세요."

"혹시 모르는 상황이 벌어질 수도 있으니 하는 말이다. 알았지?"

"그럴 일도 없겠지만 그런 상황이 벌어진다면…… 알았어요. 바로 주군가로 돌아갈게요."

서백이 웃으며 박찬을 응시했다.

"이 녀석 좀 잘 챙겨요."

"예, 형님!"

"응?"

박찬이 웃으며 말을 이었다.

"전부터 형님이라고 부르고 싶었습니다. 괜찮죠?"

"뭐, 나야…… 좋아. 그럼 오늘부터 형, 동생 하는 걸로."

"예! 좋습니다!"

셋은 열심히 화살에 독탄을 달았다.

그러기를 얼마나 지났을까?

두두두!

"어? 적이 갑자기 달리기 시작했습니다."

"빨리 챙기자."

"예."

셋은 서둘러 화살을 마무리하고는 적을 쫓아 움직였다.

그렇게 능선 하나를 넘었을 때였다. 적의 선두에서 소란이 일었다.

"크악!"

"으아악!"

"적이다!"

서백이 전방을 가리켰다.

"저곳에 매복을 하고 있었군. 어서 가자!"

"예!"

* * *

두두두!

풍천은 한 기의 인마가 질풍처럼 달려오는 것을 바라봤다. 마상의 인물이 달려오며 풍천을 향해 소리쳤다.

"선봉대가 전투를 시작했습니다!"

"역시 이곳도 지키고 있었군."

측근이 굳은 얼굴로 말했다.

"이러면 북해빙궁과의 합류가 늦어질 수도 있습니다."

"좀 늦어지면 어떠하리."

"……예?"

풍천은 오히려 웃었다.

"우리가 늦으면 나백은 어쩔 수 없이 공격을 시작할 테지. 시간에 쫓기는 건 그자이니까."

"하면……."

풍천의 입가에 맺힌 미소가 더욱더 짙어졌다.

"북해빙궁은 늑대, 철혈가는 호랑이…… 우린 그저 상처 입은 호랑이를 잡으면 그뿐이다."

"처음부터…… 그것을 노리신 겁니까?"

풍천은 대답하지 않았다. 대신 한 측근을 향해 명령을 내렸다.

"이만을 이끌고 가서 풍패를 도와라!"

"예!"

잠시 후 이만 병력이 본대를 빠져나와 북쪽을 향해 달려 나갔다.

풍천은 하늘을 응시했다.

"오늘따라 하늘빛이 참으로 곱구나."

그때였다.

두두두!

뒤쪽에서 한기의 인마가 달려왔다.

"서문 공이 돌아오고 있습니다."

풍천의 고개가 뒤를 향해 돌아갔다. 서문회가 달려오고 있었다.

풍천은 서문회의 머리 위, 하늘을 응시했다.

독수리 한 마리가 유유히 날아오는 것을 본 그가 경탄성을 발했다.

"정녕 저 독수리가 저자를 쫓고 있었단 말인가?"

히히힝!

서문회가 풍천의 곁에서 고삐를 당겼다.

그러고는 대뜸 물었다.

"진격 속도를 왜 늦춘 것이오?"

"서문 공도 보다시피 이곳은 길이 좁고 지형이 험해 대군이 이동하는 데 적합하지 못하오. 또한 전방에 적이 매복을 하고 있으니 어찌 서두를 수가 있겠소."

"그걸 모르고 이곳을 진격로로 선택했단 말이오?"

"이렇게까지 험할 줄을 누가 알았겠소."

"……!"

서문회는 비로소 풍천의 의도를 깨달았다.

'이놈…… 처음부터 철혈가와 북해빙궁이 양패구상하기를 원하고 있었다.'

서문회는 순간 살기가 치밀었다.

그가 바라는 것은 철혈가를 넘어 북부무림의 멸망이었다. 그러자면 두 세력이 합공을 해야 하는데, 그것이 어긋나 버렸다.

'교활한…….'

하지만 어쩌랴. 살기를 드러낼 순 없으니 눌러 참을 수밖에.

풍천이 웃으며 하늘을 가리켰다.

"그나저나 저 독수리가 공을 쫓아왔소이다그려."

"알고 있소."

"애석하군."

"뭐가 말이오?"

"기왕에 적을 속일 생각이었으면 서문 공은 이곳이 아니라 다른 곳으로 갔으면 좋았을 텐데 말이오."

"뭐요?"

"후후후. 농담이오. 여봐라!"

"예, 태합!"
"서문 공에게 마실 것을 내어 드려라."

* * *

벌컥벌컥!
서문회는 술을 병째 들이켰다.
하지만 한 번 치민 분노는 좀처럼 가라앉지 않았다.
'내가 저놈을 과소평가했구나.'
분노의 이면에는 허탈함과 자책이 섞여 있었다. 지금껏 서문회는 모든 것이 자신의 의도대로 흘러간다고 여겼다.
"한 병 더 가져오너라!"
"그만 드시지요."
"한 병 더 가져오라고 했다!"
"……그러지요."
잠시 후 서문회는 또다시 한 병을 병째 들이켰다.
끼아악!
독수리가 그가 있는 상공을 유유히 지나가며 포효했다.
'지금이라도 놈의 그릇을 확인했으니 이제부터라도 정신 바짝 차리면 된다. 뭐가 어찌 되었건 북부무림을 멸하고 이연후, 놈을 무너뜨리면 되는 것…….'
벌컥벌컥!

획!
퍼석!
서문회는 다시 말에 올랐다.
저만치 떨어진 곳에 있던 풍천이 마침 이쪽을 돌아보다가 미간을 좁혔다.
"어디 가시려는 게요?"
"전투가 벌어졌다니 가 봐야지 않겠소."
"도합 사만이 갔소. 하니 공이 갈 필요는 없소."
"밥을 얻어먹고 있으니 한 칼이라도 거들어야지 않겠소."
두두두!
풍천은 흙먼지를 일으키며 달려 나가는 서문회의 뒷모습을 응시하며 묘한 미소를 머금었다.
"화가 단단히 난 모양이군. 하긴 지금껏 내가 자신의 뜻대로 움직인다고 여겨 왔을 테니 그럴 법도 하지. 후후후."
싸늘히 웃은 풍천은 측근에게 명령을 내렸다.
"나백에게 전령을 보내어 늦는다고 전하여라. 전령조차 보내지 않으면 성질 급한 그자가 복장이 터져 죽어 버릴 수도 있을 테니까. 후후후."

* * *

콰콰쾅!

파파파팟!

"우악!"

"큭!"

동영의 신무기는 듣던 것 이상으로 강력했다.

월가의 무사들은 생전 처음 경험하는 장거리 공격에 피를 뿌리며 쓰러졌다.

하지만 이미 주의를 들었던 터라 대부분은 적이 무기를 겨누며 나무와 바위를 은폐물 삼아 몸을 피했다.

퍼퍼퍼퍽!

돌가루가 치솟고, 나무에는 구멍이 숭숭 뚫렸다.

"빌어먹을! 세상에 저런 무기가 있다니……."

쐐애액!

퍼퍼퍽!

"크악!"

"커억!"

거리를 둔 상태에서 월가의 무사들이 할 수 있는 것이라고는 활을 쏘는 것뿐이었다.

하지만 워낙에 촘촘하게 우거진 숲이라 명중률은 지극히 떨어졌고, 급소에 맞지 않는 한 절명을 할 일도 없었기에 효과는 미비했다.

그마저도 고수들은 화살을 무시하고 달려들었다.

퍽!

"컥!"

적의 머리를 쳐 낸 야월은 자신을 향해 달려드는 적들을 피해 뒤쪽으로 물러섰다.

콰콰쾅!

퍼퍼퍼퍽!

야월은 난감했다.

재장전에 시간이 걸린다고 했지만 적들이 시차를 두고 공격을 하니 반격을 할 기회가 없었다.

월가의 병력은 점점 위쪽으로 물러섰다.

그 와중에도 쓰러지는 자들이 속출했고, 그에 반해 적의 피해는 극히 적었다.

꽈악.

야월은 어금니를 악물었다.

'결국 숲에서 결판을 내야 한다는 건데…….'

더 우거진 숲으로 들어가면 적의 신무기는 위력이 떨어질 수밖에 없을 터. 하지만 적은 인자라는 막강한 살수들을 보유하고 있었다.

결국 숲에서 결판을 낸다는 것은 야월이 선택할 수 있는 최후의 방법이었다.

'숲은 우리 월가의 영역이기도 하다!'

야월은 측근을 돌아보며 명령을 내렸다.

"숲 안쪽으로 물러간다."

"예!"

측근이 호각을 불었다.

삐익! 삐익!

호각성은 곳곳에서 울려 퍼졌고, 월가의 병력은 적을 끌어들이기 위해 점점 더 깊숙한 곳으로 물러섰다.

야월은 물러서면서 한 흑포인을 주시했다. 풍패였다.

'저놈이 우두머리였군.'

* * *

"빌어먹을 새끼들이!"

우문적이 적들을 향해 황소처럼 달려들었다.

적의 신무기가 일제히 불을 뿜었다.

콰콰콰쾅!

따다다다당!

하지만 우문적은 연후가 지급한 방패가 있었고, 방패는 적의 공격을 모조리 튕겨 냈다.

"모조리 찢어 주마!"

슈아악!

콰지직!

"크아악!"

"끄악!"

우문적의 강력한 공격에 적 세 명이 피를 뿌리며 날아갔다.

씨익!

"이 새끼들, 이제 보니 방어력은 형편없잖아?"

콰콰쾅!

"이크!"

우문적은 재빨리 몸을 웅크리며 방패 뒤에 숨었다. 호신강기를 펼치는 것은 당연한 후속 조치였다.

따다다당!

"빌어먹을!"

적을 이끄는 흑포인이 노호성을 터트렸다.

우문적이 그를 향해 이죽거렸다.

"더 들어와 봐, 개새끼야!"

"쏴라!"

콰콰콰쾅!

따다다다당!

또다시 공격이 방패에 막혀 무위로 돌아가자 흑포인은 공력을 담아 외쳤다.

"인자들! 돌격이다!"

"돌격하라!"

쾅!

우문적은 땅을 박차고 뛰어올라서는 뒤쪽으로 물러서

며 달려드는 인자들을 응시했다.

저마다 머리에서 발끝까지 흑포를 두른 그들은 느낌부터가 여느 적들과는 달리 예사롭지 않았다.

"쏴라!"

쐐애애액!

퍼퍼퍽!

따다다당!

우문적의 뒤에서 화살이 날아들었다.

몇몇 인자가 화살을 맞고 꼬꾸라졌지만 대부분은 나무와 수풀에 막혔고, 상대적으로 강한 적들은 검막을 이용해 화살을 튕겨 냈다.

"어딜 기어 올라와!"

퍽!

한 인자의 머리를 형체도 없이 날려 버린 우문적은 다시 물러날 것을 지시했다.

전장은 점점 산 위쪽으로 향했다.

그것은 우문적과 야월이 바라는 바였다. 지금 그들은 어떻게든 시간을 끌려 하고 있었고, 풍패의 부대는 그것을 모른 채 승기를 잡았다고 판단하여 맹렬히 뒤를 쫓기에 바빴다.

'빌어먹을! 피해가 너무 크잖아!'

그랬다. 전투가 시작되고 반 시진 정도가 흐른 지금 황하수련의 피해는 극심했다. 숲과 나무를 엄폐 삼아 적에 대항했지만, 가공스러울 정도의 위력을 가진 적의 신무기는 치를 떨게 할 정도였다.

우문적은 하늘을 응시했다.

'비라도 좀 내려 주면 좋겠구만……'

적의 신무기가 비에 약하다는 것을 들어서 알고 있었다. 하지만 하늘은 전혀 그럴 생각이 없다는 듯 쾌청할 뿐이었다.

그때였다.

삐익! 삐익!

호각성이 몇 번에 걸쳐 날카롭게 울렸다. 뒤이어 쫓아오던 적들이 내려가기 시작했다.

"련주! 놈들이 물러갑니다!"

"시간을 끌겠다는 우리 작전을 눈치챈 건가?"

"아마 그런 것 같습니다!"

퉤!

"다시 공격한다!"

"예!"

"공격하라!"

산 위쪽으로 물러섰던 황하수련의 무사들이 다시 공격을 시작했다.

까가강!

콰콰쾅!

"크악!"

"으아악!"

우문적은 맨 앞에서 무자비한 칼춤을 추었다.

한 무리의 인자를 이끌던 자가 그를 향해 달려들었다. 우문적이 자세를 고칠 때, 상대가 눈앞에서 감쪽같이 사라졌다.

'……인자술!'

우문적은 기감을 최고조로 끌어올린 다음 사라진 상대의 기운을 감지하기 위해 최선을 다했다.

그런 그를 노리는 자가 있었다.

연후가 가장 우려하고 있던 동영의 신무기를 지닌 자였다. 그가 숲에 몸을 숨긴 채 우문적을 겨냥하며 심지에 불을 붙였다.

'저놈이 우두머리다. 저놈만 제거하면 이놈들은 오합지졸에 불과할 터.'

치이익.

심지가 타들어 가며 연기가 눈을 가렸다.

하지만 우문적을 겨냥한 자는 미동조차 하지 않은 채 손가락을 천천히 뒤로 끌어당겼다.

끼끼끼…….

그때였다.

스윽.

"저 양반은 아직 갈 때가 아니야. 저 양반이 없으면 내가 심심해지거든."

"……!"

퍽!

황태는 수박처럼 으깨진 적의 머리를 향해 침을 뱉고는 무기를 챙기고 일어섰다.

그는 두 손으로 장검을 비껴든 채로 집중하고 있는 우문적을 향해 성큼성큼 다가갔다.

거리가 그리 멀지 않았음에도 우문적은 황태가 왔음을 인지조차 하지 못하고 있었다. 그만큼 상대에게 집중하고 있었던 것이다.

씨익.

황태가 이를 드러내며 웃었다.

뒤이어 그의 검이 어딘가를 향해 섬전처럼 날아갔고, 검은 한 거목을 그대로 꿰뚫었다.

퍽!

"컥!"

나무가 신음을 토하더니 이내 사람을 형태로 바뀌었다. 검은 인자의 뒤통수를 뚫고 바위에 박혀 있었다.

"엇! 아우!"

그제야 황태를 발견한 우문적이 두 눈을 치떴다. 황태

가 인자의 머리에 박힌 검을 뽑아내며 웃었다.

"형님이 그렇게 집중한 모습은 처음 보는 것 같소."

"인자술이 보통이 아니더군. 한데 어떻게 한눈에 알아본 거냐?"

"놈이 뒤쪽은 전혀 신경을 쓰지 않았는지, 신이 보이지 뭐요."

"일단 알았고, 어서 공격하자고."

"고맙다고 해야지 않소?"

"뭘 이런 걸로. 알았어, 알았으니 얼른 따라와!"

피식.

"알겠소."

* * *

공격 준비를 모두 마친 채 동영이 합류하기를 기다리던 나백의 얼굴이 점점 붉어졌다.

'풍천, 이놈이⋯⋯.'

지금쯤이면 합류를 했어야 할 동영이 아직까지 모습조차 드러내지 않고 있었다.

"철혈가가 서쪽에 병력을 배치했더라도 동영의 대군을 막을 정도는 아닐 터. 한데 왜 이렇게 늦는단 말이냐!"

"아무래도 무슨 일이 벌어진 것 같습니다. 서쪽으로 아이들을 보냈으니 조금만 기다려 보시지요."

그때였다.

두두두!

한 기의 인마가 질풍처럼 달려왔다. 등에 꽂혀 있는 깃발을 보니 동영의 전령이었다.

전령이 나백의 앞에 머리를 조아리며 외쳤다.

"적이 매복을 하고 있어서 합류 시점이 늦어질 것 같다는 태합 전하의 전언입니다!"

"뭐라!"

꿈틀!

"네놈들 병력이 십오만이 넘는데 그깟 매복 때문에 시간을 지체한단 말이냐!"

"산세가 예상보다 더 험하고, 길 또한 폭이 좁아서 진격에 시간이 걸릴 수밖에 없음을 이해해 달라 하셨습니다."

챙!

나백이 화를 참지 못하고 검을 뽑았다.

측근들이 황급히 그를 말리고 나섰다.

"고정하십시오, 대궁주!"

전령이 놀라 뒤로 엉덩방아를 찧었다.

나백은 살기가 그득한 눈으로 전령을 노려보고는 다시 자리에 앉았다.

전령이 황급히 떠났다.

나백은 화를 억누르며 측근들에게 물었다.

"시간이 흐르면 불리한 쪽은 우리다. 하면 당장 공격을 하는 것이 좋지 않겠느냐?"

"속하의 생각도 그러합니다!"

"속하 역시 같은 생각입니다!"

모두가 동조하고 나서자 나백은 이를 지그시 깨물며 명령을 내렸다.

"해가 떨어지면 그 즉시 총공격을 시작한다."

* * *

현진은 여전히 대전각의 지붕에서 적의 움직임을 살폈다. 그러다가 갈증이 나서 목을 축이던 그때, 서위량이 말했다.

"군사, 적의 석차가 움직이기 시작했습니다."

현진은 물주머니를 내려놓고 시선을 들었다.

적의 석차는 물론이고 뒤에 머물러 있던 대군도 움직임이 예사롭지 않았다.

"동영이 아직 도착하지 않았는데 총공격에 나선다면⋯⋯ 월가와 황하수련이 동영의 발목을 제대로 잡아 준 모양이구나."

"그렇습니다."

현진은 송영을 응시했다.

"송영."

"예, 군사!"

"적의 석차가 사정거리 안으로 들어서면 그 즉시 공격하거라."

"알겠습니다!"

땡땡땡!

종소리가 요란하게 울리면서 철혈가 전체가 전투태세에 돌입했다.

촤악!

현진은 철선을 펼치며 서쪽을 돌아봤다.

서문 너머에 혈왕군이 도열해 있었다. 그리고 담장 위에 신휘가 서 있었다.

그곳에서는 북해빙궁이 보이지가 않았다.

"위량아, 대원수께 적의 움직임을 전하거라."

"예, 군사."

서위량이 깃발 두 개를 들고 흔들었다.

그러자 신휘의 옆에 서 있던 혈왕군이 깃발을 흔들었고, 뒤이어 혈왕군이 담장 위로 올라서기 시작했다.

혈왕군이 철혈가에 남은 것은 이전부터 방패를 이용한 전술을 익혀 왔기 때문이었다. 다수의 적을 맞아 방어를 하기에 혈왕군이 최적이라 여겨 해동군이 대신 연후와 기습 작전에 나선 것이었다.

끼끼끼…….

거대한 돌덩이를 실은 석차가 휘어지기 시작했다.

'과연 기관을 파훼할 해법을 찾았을까? 찾았다면 그 방법은 어떤 것일까.'

현진은 적을 응시하며 눈빛을 가라앉혔다.

* * *

사위에 어둠이 내려앉기 시작했다.

기습 작전을 성공하고 돌아온 연후는 철혈가로 들어가지 않고 산중에서 적의 움직임을 살폈다.

'동영이 아직 합류하지 않았다. 하면 누가 놈들을 막고 있는 걸까?'

일감은 야월이었다.

상대적으로 지형이 험하고 산세가 깊으니 월가로 하여금 그곳을 지키게 하는 것이 최선이었다. 현진이라면 필시 월가를 보냈을 것이라 확신했다.

연후는 야월을 떠올렸다. 이제는 천하의 누구보다 자신과 북천에 도움이 되는 사람이 그였다.

연후도 야월을 믿었다.

그러했기에 걱정도 컸다. 월가가 서쪽 지형에 특화된

전력이라면 동영의 인자 역시 그러했다. 보나 마나 크나큰 희생이 뒤따르리라.

"적이 움직이기 시작했소."

보다 가까운 곳까지 내려가 적진을 살폈던 이정무가 다가왔다. 그가 적진 앞쪽을 가리키며 말을 이었다.

"석차는 공격 준비를 마쳤고, 전마들도 서서히 앞으로 이동하고 있는 것을 보니 곧 총공격을 시작할 모양이외다."

"공격이 시작되기 전에 본 가로 들어가시오. 여기서 싸우는 것보다는 그쪽이 피해를 줄일 수 있을 거요."

연후의 그 말에 이정무가 흐릿하게 웃었다.

"우리만 말이오?"

"누군가는 적이 전력을 집중할 수 없게끔 지속적으로 후방을 흔들어 줘야 하오."

"그럼 같이합시다."

씨익.

이정무가 짙게 웃으며 육성이 아닌 전음으로 말을 이었다.

[지금 나는 북천이 아니라 당신을 돕는 것이오. 우린 한 핏줄이니까.]

"……."

연후는 이정무를 똑바로 쳐다봤다. 이정무도 시선을 피하지 않았다.

"꽤 힘든 전투가 될 거요."

"그 정도 각오는 하고 있으니 걱정 마시오."

그때였다. 누군가의 나지막한 외침이 울렸다.

"공격이 시작되었습니다!"

연후는 재빨리 앞쪽으로 이동했다. 이정무가 그와 함께했다.

두두두!

칠흑 같은 어둠 속에서 적의 기병이 달려 나가는 것이 어렴풋하게 보였다. 거의 동시에 석차가 공격을 시작했다.

콰콰쾅!

간발의 차이를 두고 적의 석차가 몰려 있는 곳에서 굉음과 함께 화염이 솟구쳤다. 송영의 석차가 공격을 시작한 것이다.

우지끈!

콰콰콱!

"크아악!"

"으악!"

적의 석차 세 기가 파괴되며 파편이 주변에 몰려 있던 적들을 덮쳤다.

두 번째 날아든 공격에 또다시 두 대의 석차가 파괴되었다. 뒤이어 날아든 돌덩이들이 적 진 앞쪽에 떨어졌다.

콰콰쾅!

"크아악!"

"으악!"

이정무가 놀람을 감추지 못했다.

"엄청난 위력이군."

"이 전투를 위해 새롭게 만든 것들이 있소. 저 석차도 그중 하나요."

묵묵히 고개를 끄덕인 이정무가 물었다.

"공격은 언제 할 생각이오?"

"적 전체가 움직이기 시작하면 그때 측면을 쳐야 하오. 그때까지는 이곳에서 대기하는 게 좋겠소."

"알겠소. 하면 모두에게 그리 전해 놓겠소."

이정무가 병력이 모여 있는 곳으로 돌아갔다.

연후는 철혈가를 응시하며 눈빛을 가라앉혔다.

'버텨라, 현진.'

* * *

두두두!

대지를 흔드는 말발굽 소리, 그리고 어둠을 가르며 날아드는 거대한 돌덩이들.

현진은 대전각의 지붕에서 기관을 작동할 때를 기다리며 미간을 좁혔다.

'설마 다소의 피해를 감수하고 밀어붙일 작정인가?'

분명 전방에 기관이 있음을 인지하고 있을 텐데도 적 기병은 속도를 늦추지 않은 채 달려오고 있었다.

결국 파훼법을 찾지 못한 것이리라 판단한 현진은 내심 안도했다.

텅!

슈아아악!

송영의 석차가 불을 뿜었다. 파편이 가득 담긴 항아리와 함께 화염을 머금은 거대한 구체가 어둠을 가르며 적진을 향해 날아갔다.

콰콰쾅!

적진 곳곳에서 화염이 일었다.

그때였다.

슈아악!

거대한 돌덩이 두 개가 대전각의 측면을 스치며 떨어졌다. 다른 하나는 마당에 떨어져 몇 바퀴 구른 뒤에 멈췄다.

콰지직!

현진은 송영을 향해 외쳤다.

"적의 석차부터 노려라!"

"그러고 있습니다!"

그때 또 하나의 돌덩이가 담장을 강타했다. 동영의 신

무기에 대비해 쌓아 놓았던 목책 일부가 산산이 부서지며 그 뒤에 있던 무사들이 피를 뿌리며 쓰러졌다.

콰쾅!

"으악!"

"크윽!"

파편이 송영이 있는 곳까지 떨어졌다.

송영은 직접 석차의 시위를 당겼다.

'적의 석차부터 파괴해야 한다.'

텅! 텅! 텅!

슈아아악!

양측이 날린 돌덩이들이 허공에서 부딪쳤다. 하지만 송영의 석차가 연사 속도에서 우월했던 까닭에 북해빙궁의 석차는 속절없이 파괴되었다.

콰쾅!

우지끈!

"크악!"

"피해라!"

개전한 지 한 시진도 채 되지 않아 북해빙궁의 석차는 한 대도 남김없이 모조리 파괴되고 말았다.

송영은 더 이상 돌덩이가 날아들지 않자 공격 지점을 바꿨다.

"탄착 지점을 우측으로 옮기고 탄을 교체하세요!"

"예!"

대량 살상을 목적으로 새롭게 만든 항아리들이 어둠을 가르며 날아가기 시작했다.

슈아아악!

"지옥을 보여 주마, 개자식들!"

콰콰쾅!

송영은 담장 위로 올라가 적진 곳곳에서 일어나는 화염을 응시하며 두 주먹을 불끈 쥐었다.

꽈악!

그러다가 두 눈을 한껏 부릅떴다.

"저, 저건……."

* * *

"적의 석차가 모두 파괴된 것 같습니다, 군사!"

서위량이 외쳤다.

현진은 안도의 숨을 내쉬었다. 적의 석차 공격이 끊긴 것이다.

"적이 기병이 목표 지역을 통과하기 시작했습니다!"

"기관을 열어라!"

"예!"

현진의 명령에 서위량이 횃불 두 개를 들고 신호를 보

냈다. 그러자 기관을 담당했던 무사들이 일제히 기관을 작동시켰다.

그때였다.

휘리릭!

송영이 현진의 곁으로 뛰어올랐다.

"기관을 열면 안 됩니다! 군사!"

"……!"

"적의 기병이 아니라 돌덩이를 잔뜩 단 말들만 달려오고 있습니다!"

"뭣이!"

현진은 두 눈을 부릅떴다.

적이 기관을 파훼할 방법을 찾지 못한 것이라 쉽사리 안도했던 자신을 자책하지 않을 수 없었다.

꽈악!

현진은 입술을 깨물며 말했다.

"한 번 발동한 기관은 되돌릴 수 없다. 전군에 백병전을 대비하라 이르거라!"

"예!"

서위량이 다시 횃불을 들고 신호를 보냈다.

"송영, 너는 탄착 지점을 더 뒤쪽으로 옮기도록 해."

"더 뒤쪽으로…… 말입니까?"

"적이 한꺼번에 밀려오는 것을 최대한 막아야 한다. 하니 서둘러라."

"알겠습니다."

송영이 제자리로 돌아갔다.

현진은 크게 심호흡을 하고는 전방을 바라봤다.

마침 허공에서 신호탄 몇 발이 터지면서 어둠을 몰아냈다. 그러자 모든 광경이 적나라하게 드러났다.

우지끈!

히히힝!

현진은 눈빛을 떨었다.

파르르…….

'전마를 희생할 생각을 하다니…….'

* * *

"대궁주! 적이 기관을 발동했습니다!"

"기관이 해결되면 바로 돌격 부대를 투입하고, 방어선을 돌파하면 곧장 공멸 부대를 투입한다!"

"존명!"

나백은 아비규환의 참상이 벌어지기 시작한 철혈가의 길목을 응시하며 눈빛을 가라앉혔다.

'기관만 해결되면 동영이 없더라도 아직은 전력에서 우리가 충분히 압도할 수 있다. 설사 시간이 지체된다 하더

라도 동영이 합류하면 이 전쟁은 우리가 이길 수밖에 없다.'

그때였다.

"대궁주!"

뒤쪽에서 측근 한 명이 달려왔다.

"무슨 일이냐?"

"후군이…… 전멸당했습니다!"

"뭐라?"

"예상보다 빨리 무너진 것을 보면 기습에 나선 전력이 예상보다 더 막강했던 것 같습니다!"

"혹시 이연후가 그곳에 있었느냐?"

"그건…… 확인하지 못했습니다!"

쿵!

나백은 발로 땅을 굴렀다.

어차피 후군은 쓰고 버릴 패였다. 하지만 이렇게 빨리 무너지면 전략을 수정해야 할 수도 있었다.

"병력 이만을 뒤로 물려 적의 기습에 대비하라!"

"예!"

잠시 후 본대에서 이만의 병력이 신속하게 후방으로 빠져나갔다.

나백은 그 모습을 지켜보며 미간에 주름을 잡았다.

'이연후는 가만히 앉아 우리를 기다리고 있을 놈이 아

니다. 그렇다면…….'

 뭔가를 떠올린 나백이 좌측의 한 인물을 돌아보며 말했다.

 "너희 부대도 기습 방어에 나서줘야겠다."

 "저희가 말입니까?"

 "내 예상이 어긋나지 않는다면 이연후가 직접 기습에 나설 가능성이 매우 높다. 하니 당장 후미로 가서 대기하고 있다가 놈이 나타나면 그 즉시 전력을 다해 놈을 처치하도록 해라. 다른 놈들은 무시하고 오직 이연후, 놈만 노려야 할 것이다. 알겠느냐?"

 "알겠습니다."

 나백은 본대에서 빠져나가는 소수의 병력을 응시했다.

 저들은 공멸 부대 중에서도 적의 최고 고수들만을 상대하기 위해 선별해 만든 그의 역작이었다.

 개개인의 무력도 뛰어난 이들로 선별했을 뿐만 아니라, 폭발 범위와 위력이 배는 뛰어난 특별히 제조한 벽력탄을 매달고 있는 자들이었다.

 '일단 저들의 눈에 들어오면 누구도 살아남지 못한다. 그게 설사 이연후, 너라도…….'

 콰콰쾅!

 "크악!"

 "으아악!"

멀지 않은 곳에서 폭음과 함께 불꽃이 치솟았다. 그리고 수많은 무사들이 처절한 비명과 함께 쓰러졌다.
 나백의 얼굴이 무참히 일그러졌다.

＊　＊　＊

 연후는 적의 후미까지 움직이기를 기다렸다.
 하지만 워낙에 대군이어서 아직까지 후미는 움직일 기미조차 보이지 않았다.
 콰콰쾅!
 "크악!"
 "끄아악!"
 송영의 석차가 예상대로 강력한 위력을 발휘했다. 한 발 떨어질 때마다 수십 명의 적이 떼죽음을 당하는 상황이 이어졌다.
 그런데 언제부턴가 낙탄 지점이 점점 뒤쪽으로 향하고 있었다.
 이정무가 말했다.
 "낙탄 지점이 점점 뒤쪽을 향하고 있는 것 같소. 저 정도 위력이라면 뒤쪽이 아니라 적의 선봉을 공격해야 마땅하지 않소?"
 연후도 같은 생각을 하고 있었다.

당연히 적의 선봉을 공격하여 근접전을 최대한 늦추는 것이 최선이었다.

'설마…….'

뭔가를 떠올린 연후의 눈빛이 무겁게 가라앉았다.

마침 그를 응시하던 이정무가 물었다.

"뭔가 상황이 여의치 않은 것이오?"

"기관이 위력을 다하지 못한 것 같소. 해서 적이 전력을 집중하지 못하게 허리를 차단할 목적으로 낙탄 지점을 뒤로 물린 것 같소. 아니면 군사가 이런 선택을 하지는 않았을 것이오."

"그렇다면……."

연후는 허리를 펴며 일어섰다.

"작전을 변경해야겠소."

"곧장 철혈가로 들어가시겠소?"

"아니오."

연후는 단호히 고개를 저으며 방패를 내렸다.

철컥철컥!

방패가 칼날처럼 날카롭게 바뀌었다.

"지금 즉시 공격할 것이오."

(북천전기 34권에서 계속)